KB271784

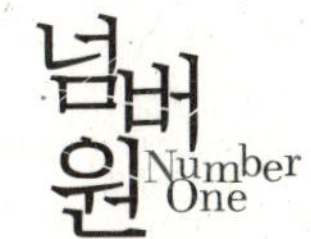

FUSION FANTASTIC STORY

천륜 장편 소설

넘버원 1

천륜 장편 소설

초판 1쇄 찍은 날 § 2012년 10월 23일
초판 1쇄 펴낸 날 § 2012년 10월 29일

지은이 § 천륜
펴낸이 § 서경석

편집부장 § 권태완
편집책임 § 어정원
디자인 § 이혜정

펴낸곳 § 도서출판 청어람
등록번호 § 제1081-1-89호
등록일자 § 1999. 5. 31
어람번호 § 제1-1474호

주소 § 경기도 부천시 원미구 심곡2동 163-2 서경B/D 3F (우) 420-822
전화 § 032-656-4452 팩스 § 032-656-4453
http://www.chungeoram.com
E-mail § chungeorambook@daum.net

ⓒ 천륜, 2012

ISBN 978-89-251-3043-9 04810
ISBN 978-89-251-3042-2 (세트)

넘버원 Number One

천륜 장편 소설

FUSION FANTASTIC STORY

①

도서출판 청어람

CONTENTS

프롤로그

어두운 밤거리를 비춰주는 가로등 아래, 유명한 조각가가
조각이라도 한 듯 아름다운 외모를 가진 남성이 와이셔츠 맨
위 단추를 풀며 조심스레 목을 가다듬는다.

흠흠, 하는 헛기침 소리에 지나가던 사람들은 그에게 살짝
시선을 두었다가 일순 그의 외모에 매혹되어 그의 앞에 멈추
어서 얼굴을 붉혔다.

"후우……."

남성의 입에서 새하얀 입김이 터져 나온 후 입술을 떼는 그
작은 움직임에 의해 이 시끄러운 거리에 하나의 음색이 자리
잡는다.

붉디붉은 입술이 열릴 때마다 물 흐르듯 흘러나오는 하나의 음색은 길 가는 사람들 모두를 멈춰 버리게 할 정도로 매혹적이고 자극적이다.

민감한 청각을 살며시 자극하는, 부드럽지만 강렬한 목소리가 길거리의 모든 사람을 현혹시켰다.

찰나와 같은 시간이 흐르고 바삐 움직이던 입술이 굳게 닫혔는데도 사람들은 여전히 남성의 입이 열리기를 기다렸다.

"와아……."

누군가의 입에서 작은 탄성이 흘러 주위 모든 사람의 정신을 깨운 순간 남성은 큰 소리로 외쳤다.

"동방 나이트 웨이터 막둥이를 찾아주세요!!"

세계를 음악으로 뒤흔들 법한 목소리의 남성은 해맑은 미소를 지으며 길 건너 커다란 나이트클럽을 손가락으로 가리켰다.

Chapter 01
이계에서 온 황실마법사

이제 막 오픈한 지 서너 시간쯤 지났을 무렵.

쿵쿵거리는 흥겨운 비트가 홀 안을 가득 메웠고, 주말이라는 것을 과시하는 듯 사람들은 한껏 달아올라 음악 소리에 맞추어 춤을 추는 이들은 환호했다.

눈을 돌려 보면 사람들이 삼삼오오 모여앉아 술을 들이켜는 모습과 스테이지 위에 올라 제 끼를 뽐내며 몸을 흔드는 사람이 눈에 들어온다.

"14번 룸."

머리를 왁스로 한껏 올려 제 외모를 뽐내고 있는 한 남성이 카운터에 기대 잠시 지친 몸을 달래고 있는 동현에게 말했다.

"형, 저 쉬고 있는 거 안 보이세요?"

동현은 양손에 데킬라를 들고 있는 배한결을 노려보며 말했다. 그런 날카로운 시선에 한결은 능구렁이마냥 싱글싱글 웃으며 답했다.

"넌 쉬는 게 음악 감상이잖아. 일하면서 쉬어."

"말이 되는 소리를 하세요."

동현은 미간을 찌푸리며 뻑뻑한 자신의 눈을 비비며 의자에 앉았다.

"정말 피곤한가 보네. 네가 웬일로 내 말에 틱틱거리지를 않냐?"

동현은 한숨을 내쉬며 한결의 말을 무시하고는 의자에 앉아 숨을 돌렸다. 그런 동현의 모습에 한결은 혀를 차고는 피로회복제 하나를 그에게 건넸다.

"뭐예요?"

"눈은 폼이냐?"

한결의 말에 동현은 그가 내민 피로회복제를 받아 들었다.

"독 넣었죠?"

"청산가리 두 스푼 넣었다, 이 자식아. 빨리 먹고 가서 일해!"

동현은 한결의 말에 웃어 보이고는 피로회복제를 마시고 쟁반을 집으려 손을 뻗었다. 한결은 그때를 기다렸다는 듯 데킬라 네 병을 쟁반 위에 올리며 말했다.

“수고!”

한결의 말에 동현은 고개를 슬쩍 끄덕이고는 14번 룸으로 발걸음을 옮겼다.

14번 룸이라면 무대에서 얼마 떨어지지 않은 곳.

한발 한발 내디딜 때마다 무대 위에서 울려 퍼지는 악기와 노래의 화음이 더욱 확연하게 들린다.

막 무대에 집중하려는 찰나 누군가가 동현의 어깨를 두드렸다.

무대에 넋을 잃을 뻔한 동현은 자신을 불러오는 손길에 고개를 돌려 근원을 찾았다.

“예?”

“사장님이 매의 눈을 갖고 돌아다니신다. 멍하니 있지 마.”

“아, 네.”

웨이터의 말에 동현은 고개를 살짝 숙여 감사 인사를 전한 후 14룸으로 들어가 데킬라 네 병을 두고 인사를 하고 카운터로 돌아갔다.

“서빙 하나 하는데 왜 그리 오래 걸려.”

“그러는 형은 주문 하나 받는데 왜 이리 굼뜨세요?”

“늙어서 그런가 봐.”

한결이 어깨를 툭툭 치며 말하자 동현은 어이없다는 표정으로 한결을 바라보았다. 그의 나이는 고작 스물일곱. 자신과

세 살밖에 차이가 안 나는 한창때이다.

"아, 2차 나갈래?"

한결의 말에 동현은 질린 표정으로 그를 바라보았다.

2차에 나가게 되면 팁도 홀에 있을 때보다 더 많이 받을 수 있고, 서빙하는 것보다는 덜 힘들다.

하지만 피곤하다.

동현이 일하고 있는 나이트클럽은 일반적인 룸이나 단란주점 같은 곳과는 달리 부킹을 이어주고 다음 2차 장소를 위해 힘을 들이는 정도가 약한 편이긴 하다.

하지만 고객관리 차원에서 나이트 내 룸을 자주 활용하는 단골의 경우 2차 장소를 물색해 주고 거기까지 이어주는 다리 역할을 하는 경우도 종종 있어 피곤이 쌓일 수밖에 없다.

잠이 많은 동현으로서 피로는 독이나 다름없다. 서빙을 하는 사람으로서 정신이 흐트러지면 실수할 가능성이 높았고, 사실 피곤한 날엔 동현이 실수하는 경우도 잦았으니까.

"역시 안 나갈 거지?"

"당연한 건 묻지 마세요. 2차는 형이나 하세요. 어차피 아침에는 할 일도 없으시면서."

"할 것도 없기는, 잠자는 게 얼마나 중요한 일인데."

"전 그 중요한 것도 할 시간이 없어서 이리저리 쫓기고 사는 사람이니 2차는 곱게 접어두시죠."

동현의 말에 한결은 그럴 줄 알았다며 낮게 웃어 보였지만 동현은 그 미소가 기분 나쁘다는 듯 미간을 찌푸렸다.

오늘같이 사람이 물밀 듯이 밀려오는 날 2차를 나간다면 죽어나가는 쪽은 오히려 동현이다.

가뜩이나 평일에 잘 시간이 없는 사람인데, 2차까지 나가 예정된 아르바이트 시간보다 오버된다면 수면 시간이 부족한 것은 당연지사고 공부할 시간마저 깎이게 된다.

"일단 돈보다는 잠이거든요."

"그럴 줄 알았다. 3번 룸."

한결은 낮게 중얼거리며 동현에게 또 하나의 쟁반을 건넸다. 동현은 한결이 내민 쟁반을 들고 3번 룸으로 발걸음을 옮겼다.

"우웩! 냄새."

3번 룸에 도착한 동현은 룸 문을 열어젖혔다. 문을 엶과 동시에 물밀 듯 밀려들어 오는 퀴퀴한 냄새가 코끝을 자극했다.

이곳에 있다 보면 하루 몇백 번은 자연스럽게 맡는 냄새인데, 넉 달이라는 시간 동안 면역이 된 줄 알았더니 아무래도 아직은 아닌 것 같다.

이 밀폐된 공간에서 얼마나 피워댄 것인지 룸 안에는 새하얀 연기가 자욱했고, 그 냄새로 인해 현기증이 일어날 지경이다.

"우와! 이 정도 피는 것도 여간 힘든 게 아닐 텐데."

동현은 중얼거리며 테이블 위에 아무렇게나 버려진 담뱃

갑을 하나하나 주워 담은 후 남은 술을 정리해 쟁반 위에 올렸다. 이후 테이블 위에 쏟아진 술을 닦아내고 병을 나열해 올리며 콧노래를 흥얼거렸다.

일이 분 정도 혼자 노래를 흥얼거리던 동현은 쟁반에 올려두려던 술병 하나를 집어 들어 입가에 가져다 대고 마치 가수가 마이크를 잡고 노래하는 시늉을 했다.

그러는 동현의 모습은 평소와는 달리 상당히 즐거워 보였다.

과거 그는 가수가 되고 싶었다.

어릴 적의 이야기이기도 하고, 고등학생 시절에 밴드생활을 한 적도 있지만 선천적인 성대의 문제 외 여러 가지 일 때문에 지금은 그저 꿈으로만 안고 있었다.

하지만 그는 틈만 나거나 듣기 좋은 노래가 들려오면 자신도 모르게 이러한 행동을 취하고는 했다.

"꼴값을 떤다, 꼴값을 떨어."

룸의 문을 들고 들어온 사람은 다름이 아닌 한결이었다. 한결은 술병을 마이크 삼아 노래를 부르고 있는 동현을 보고 한심하다는 표정을 짓고 있었다.

동현은 아무렇지도 않다는 듯 자신이 들고 있던 술병을 한결에게 내밀며 말했다.

"형도 한 곡 뽑으시든지요."

"너 얼굴에 철판 깔았지?"

한결이 한숨을 내쉬며 동현에게 말했다.

"뭐가요?"

"보통 들키면 당황하지 않냐?"

"형한테 걸린 게 한두 번이어야죠. 왜 왔어요?"

"네놈이 하도 안 와서 붙잡으러 왔다."

인상을 쓰며 말하는 한결의 손에는 쟁반이 들려 있다. 카운터 담당인 한결이 움직인 것을 보면 현재 놀고 있는 웨이터가 단 한 명도 없다는 말.

일손이 부족하다는 소리다.

"갑니다, 가요."

동현은 한숨을 내쉬고는 한결에게 먼저 가 있으라고 말한 후 빠른 속도로 테이블을 정리했다.

그러면서도 동현의 입에서 맴도는 멜로디는 여전히 끊이지 않았다.

"빨리 와, 유동현!"

"가고 있습니다."

*　　　*　　　*

피곤하지만 이제는 일상이 되어버린 밤이 또 한 번 지나갔다.

"주말은 좀처럼 익숙해지지를 않네요."

어젯밤은 한결이 준 피로회복제로 어떻게 대충 넘기긴 했지만, 오늘은 또 어떻게 보낼지 막막했다.

"주말이 싫어지는 직업이지?"

"주말이고 뭐고, 저한텐 별다른 의미를 부여하지 못하는 날이에요."

'아니, 어쩌면 평일보다 더 싫은 날일지도'라고 중얼거리던 동현은 카운터 앞에 있는 의자에 앉아 뒷정리를 하고 있는 웨이터들을 멍하니 바라보았다.

"오늘은 일찍 나가볼게요."

"정리는?"

"아까 다 끝냈죠."

"동작 하나는 더럽게 빠르네."

한결은 낮게 중얼거리며 가보라는 듯한 손을 휘휘 내저었다. 그의 행동에 동현은 탈의실로 들어가 옷을 갈아입고는 나이트클럽을 빠져나왔다.

갑작스럽게 변한 온도에 동현은 살짝 몸을 떨고는 다시금 옷을 여미며 도서관으로 발걸음을 옮겼다.

"오빠!"

거리를 벗어나 자취방 근처를 지나갈 때쯤 가는 목소리의 누군가가 자신을 부르는 소리가 들렸다.

평소 같았으면 무시하고 지나가겠지만 그의 귓속에 박혀

들어온 그 목소리는 자신이 익히 아는 사람의 것이었다.

발걸음을 멈춘 동현은 고개를 뒤로 돌려 목소리의 근원을 확인했다.

"유소현?"

동현을 부른 사람은 쇄골을 살짝 덮는, 길지도 그렇다고 짧지도 않은 흑발에 짙은 쌍꺼풀과 커다란 눈, 붉은 입술. 누가 보더라도 미인이라는 것을 자각할 만한 그런 외모를 가진 사람이었다.

하지만 조금 더 눈여겨보면 유소현이라는 소녀의 외모가 앞에 있는 동현과 꽤 많이 닮았다는 점을 알 수 있었다.

"학교 안 가고 왜 여기 있어?"

"오빠는 오랜만에 동생 보고 하는 소리가 고작 학교야?"

"…중요하니까."

"됐고!"

소현은 동현의 말을 자르며 교복 주머니에서 휴대전화를 꺼내 시간을 확인하고 다시 입을 열었다.

"다행히 아직 지각은 아니야. 사실 아직 자고 있을 줄 알고 오빠 집까지 찾아가려다가 오빠가 보여서 부른 거거든. 꽤 부지런해졌네? 전에는 학교 안 가는 날에는 열 시까지 잤으면서."

소현의 말에 동현은 언제적 얘기를 하는 것이냐며 작게 핀잔을 주었다.

　동현은 오늘 뒤처리를 빨리 끝내고 나왔다는 점에 대해 안도의 한숨을 내쉬었다. 자칫 소현이 집에 왔는데 아무도 없었으면 그녀도 헛걸음한 것이 될 것이다.

　문제는 거기에서 끝나는 것이 아니다.

　의심 많은 소현의 성격상 아침에 동현이 집에 없는 것을 본다면 무엇을 하고 돌아다니느냐고 물어볼 가능성이 매우 높았다.

　"멍청하긴, 과제 때문에 친구 집에서 잤으면 어쩌려고."

　"그 생각도 하긴 했는데, 떠올려 보니 오빠는 자기 집 아니면 잘 못 자잖아. 피곤해도 아침엔 집에 오려니 했지."

　소현의 말에 동현은 어이가 없다는 듯 헛웃음을 쳤다.

　"다음에는 전화를 하든지 해. 그래서 오늘은 무슨 용무? 돈 필요해?"

　"오빠는 내가 무슨 돈만 밝히는 애인 줄 아나. 그냥 오랜만에 얼굴이나 좀 보고 싶어서."

　어색하게 웃으며 말하는 소현의 행동에 동현은 그녀의 머리를 가볍게 누르며 말했다.

　"네가 용무없이 사람 찾아오는 애가 아니라는 것쯤은 알고 있는데?"

　동현의 말에 소현은 무안한 듯 어색하게 웃어 보이며 조금은 진지해 보이는 표정으로 얼굴을 바꾸고는 입을 열었다.

　"실은… 일주일 동안이나 아빠가 집에 안 들어오셔서. 오빠라면 뭔가 알고 있지 않을까 해서……."

소현의 말에 짙은 호선을 그리고 있던 동현의 입꼬리가 슬쩍 아래로 내려갔다.

동현의 입에서 긴 한숨이 나왔다.

소현은 그런 동현의 반응에 혹시나 아빠의 소식을 알고 있거나 무슨 일이 있어 그러는 게 아닐까 하는 걱정 가득한 기색을 보였다.

대답을 원한다는 듯한 눈으로 그를 바라보는 소현.

"아버지에 대해서는 나도 아는 게 없는데?"

"…정말?"

"어, 그러니까… 아버지가 이유 없이 안 들어오시고 하실 분은 아니잖아. 사정을 말할 수 없는 거겠지. 급하게 외국으로 출장을 가셨다거나 바빠서 매일 야근을 하고 계실지도."

점퍼의 주머니에 곱게 들어 있는 동현의 손에 힘이 들어갔다. 속으로 분노를 삭이고 있는 동현과는 다르게 그의 동생인 소현은 그나마 조금 안심이 된다는 표정으로 말했다.

"그렇다면 다행이지만… 요새 꽤 연락이 안 돼서 걱정했거든."

"아아, 별일 없을 거야. 아버지잖아. 어서 가, 학교 지각하겠다."

"응! 오빠도 걱정하지 마. 내가 조금 설불리 나선 것일지도 모르니까. 아빠한테 연락오면 전화할게!"

동현은 대답 없이 안면 근육을 움직여 소현에게 미소를 지어주고는 그녀가 가는 내내 소현의 뒷모습을 지켜보며 주머니에서 담배를 꺼내 입에 물었다.

"일주일 동안이나 안 들어왔으면 어디 다른 여자 한 명 꿰고 들어앉아 있겠지."

동현은 낮은 목소리로 중얼거리며 신경질적으로 담배를 깊게 들이마셨다.

속이 부글부글 끓어올랐다. 소현을 보고 있으면 자기 자신이 떠오르는 것 같아서. 그녀에겐 아버지의 실체를 알려주고 싶지 않았다.

하나밖에 없는 피붙이라 그런지 소현은 자신과 너무도 닮아 있었다. 한 가지에 몰두하면 그곳에 푹 빠져버리는 점이나 특정 인물을 위해서라면 죽을힘을 다해 열심인 것이.

"지금은 모르는 게 낫겠지."

아버지에 관한 것을 소현에게 알려주고 싶지 않다. 아직까지도 소현은 어릴 적부터 이어진 아버지에 대한 관점이 달라지지 않았으니까.

동현은 짜증스레 피다 남은 담배를 짓이기고는 그 자리를 벗어났다. 오늘 하루 그다지 일진이 좋을 것만 같지는 않다.

동현은 한숨을 내쉬며 도서관으로 들어갔다.

사실, 이런 날에 공부는커녕 글자 하나 눈에 들어오지 않겠지만, 하루라도 페이스가 흐트러지면 안 되니 어쩔 수 없었다.

자리에 앉아 펜을 잡은 동현은 신경질적으로 머리를 헝클어뜨렸다. 아까 소현이 한 얘기가 머릿속에서 떠나지를 않는다.

집에 일주일 이상 들어오지 않는 아버지. 심지어 소현에게조차 말하지 않고 집에 들어오지 않다니.

문제가 아닐 수 없다. 아버지가 없다면 소현은 집에 혼자 있을 텐데. 아무리 소현이 학교 때문에 집에 늦게 들어온다고는 하지만 아버지는 그럴 일이 없었다.

그 양반은 퇴근하자마자 집에 들어오면 7시 30분일 테니까.

무슨 짓을 하고 다니기에 집에 들어가지 않는 것일까. 이런 생각만이 동현의 머리에 가득했다. 더 이상 공부는 머리에 들어오지 않았다.

동현은 짧게 욕지거리를 내뱉고 가방을 챙겨 도서관을 나왔다. 도서관에 들어간 지 불과 30분 만에 말이다.

밖으로 나오니 여전히 찬바람이 동현을 맞았다. 동현은 짜증난다는 듯 미간을 찌푸리고는 귀에 이어폰을 찔러 넣었다.

"후우……."

설마 아직도 그 짓을 하고 다니는 건 아니겠지? 동현의 머릿속에 부정적인 생각이 스치고 지나갔다.

자신이 아버지에 대해 반감을 갖게 된 계기, 그것은 당연지사 그의 행동 때문이었다.

옛날엔, 적어도 반년 전까지만 해도 동현은 아버지가 오직 동현 자신과 동생 소현만을 위해 살고 있는 줄 알았다.

어릴 때 아버지는 입버릇처럼 동현과 소현에게 '내 삶의 이유는 너희들이다'라고 말해왔다.

그로 인해 둘은 아버지의 기대를 저버리지 않는 사람이 되자고 마음먹었었다.

그래서 학교를 다닐 때에도 주말이나 방학을 이용해 짬짬이 돈을 벌어 학교에 내야 할 돈을 본인이 부담했고, 수능이 끝나고 아르바이트를 하며 받는 월급의 대부분을 아버지에게 드려 조금이나마 아버지의 부담을 덜어주려 한 동현이었다.

게다가 대학에 들어가서도 등록금 정도는 스스로 벌겠다 자청했고, 필요한 돈도 스스로 어떻게든 해보겠다고 말한 동현이었으니까.

하지만 그럴 필요가 없는 사람이었다, 아버지라는 작자는.

동현은 그때의 일을 떠올렸다.

그날 아버지는 반쯤 취한 채 나이트클럽 안으로 발을 들였다.

모든 손님을 신경 쓸 수 없었던 그는 처음에는 어느 사람이 들어왔다는 것만 알았지, 그 사람이 아버지인 줄 알지 못했다.

평소 자신이 알던 아버지와는 너무도 큰 갭이 느껴졌으

니까.

그는 어디서 많이 놀았던 것 같은 여자 둘을 양팔에 끼고 나타났다.

뿐만 아니라 룸을 잡고 값비싼 양주들을 주문시켰으며 서스럼없이 몇 십만 원씩의 팁을 날렸다.

하지만 더 충격이었던 것은 여색과 향락에 빠져 웨이터로 들어온 사람들 중 하나가 자신의 아들이라는 것조차 알아채지 못했다는 점이었다.

나이트클럽에서 빠져나가는 그 순간까지도 동현을 알아보지 못했고, 그는 나이트를 나와 2차를 향해 이동하면서 여자를 끼고 헤픈 표정을 지으며 놀고 계셨다.

심지어 자신과 대화까지 나누었는데.

더 웃긴 건 그다음이다.

아버지는 동현에게 들킨 것을 모르는지 여전히 연기를 이어나갔다.

모든 것을 아는 동현의 눈에는 그 광경이 역겨울 수밖에 없었다.

그때 당시 동현은 혼자서 알고 있기보다는 아버지에게 사실을 듣길 원했다. 있었던 일을 사실대로 말해주길. 하지만 아버지는 끝까지 거짓을 말했다.

그때부터 시작되었다, 동현과 아버지의 관계가 틀어진 것은.

평소 아버지의 말이라면 무슨 일이 있더라도 최우선으로 알았던 동현이 아버지의 말을 듣지 않고 밖으로 겉돌았다.

집에도 잘 들어가지 않았고 알바비를 받아도 아버지에게 주기는커녕 받았다는 이야기조차 하지 않았다.

그에 불안감을 느낀 것일까, 아니면 자신에게 들어오는 돈이 적어져서 그런 것일까.

아버지는 동현을 앉혀놓고 진지하게 대화를 시도했다. 하지만 개선되는 것은 단 한 가지도 없었다.

그때 당시 동현의 머릿속에 떠오른 것은 '설마 어머니가 살아 계실 때부터 이랬던 건가?' 하는 생각이었다.

타이밍이 들어맞게, 그는 어머니가 돌아가시고 얼마 있지 않아 회식이 있어 늦는다는 소리를 밥 먹듯이 했고, 야근을 일주일에 대여섯 번가량 했다고 했으니까.

동현은 설마 자신의 생각이 맞는 것인가 하는 느낌에 그에게 진실을 물어보려 했다.

하지만 그 질문을 입 밖으로 꺼내진 못했다. 자식들에게 거짓말을 하고 살아가는 사람 입으로 들어봤자 진실된 말이 나올 리가 없다.

그런 사람의 입으로 어머니에 관한 말을 듣고 싶지도 않았으니까.

결국 동현은 집을 나왔다. 자신이 아버지에게 어떤 식으로 반항한다고 하더라도 해결될 문제가 아니라는 것을 알기 때문이었다. 게다가 자식들에게 몇십 년 동안 거짓말을 하고 살아온 사람과 함께 살고 싶지 않았기 때문이다.

이제 궁금해지기까지 한다.

아버지는 지금 동현이 무슨 일을 하고 있는지 관심이나 있을까. 아니, 군대를 제대했는지는 알고 있을까.

작은 실소가 입술 사이를 비집고 나왔다.

그래도 이런 사실을 소현에게 말해줄 순 없다. 아직까지 소현에게는 아버지 외에 다른 삶의 목표가 있지 않으니까.

적어도 그녀에게 새로운 목표가 생기기 전까지는, 그녀 스스로 자신의 길을 걷기 전까지는 아버지에 대해 언급할 생각이 없다.

자신과 같이 믿었던 사람에게 배신을 당하는 그런 기분을 느끼게 하고 싶지 않으니까.

동현은 깊은 한숨을 내쉬었다. 시끄러운 헤비메탈이 귓속을 헤집는다. 머릿속이 복잡하다.

"빌어먹을……."

낮은 욕지거리를 내뱉으니 입에서 새하얀 입김이 뿜어져 나왔다. 그냥 이 생각을 접어버리는 게 나을 것 같다.

과거의 생각을 떠올리니 울화가 치밀었다. 그와 동시에 두통까지 밀려왔다.

이런 쓸데없는 것이나 생각하고 있을 바에야 잠이나 자는 것이 오늘은 이득일 것 같다.

일 나갈 준비를 하고 집을 나선 동현은 짜증스러운 얼굴로 빌라 건너편을 응시했다.

새카만 구름 덩어리 사이에서 떨어져 내리는 물방울이 땅을 적시고 있다.

"최악이네."

동현은 게슴츠레 뜬 눈을 비비며 한숨을 내쉬었다.

되는 일이 없다.

제일 피곤한 날에 동생이 찾아와 복잡한 얘기를 늘어놓지를 않나, 예정된 시간보다 조금 더 자버리지를 않나.

출근 시간까지는 꽤 시간이 남았지만, 그래도 한참 전에 일어나 오늘 하지 못한 공부를 하고 싶었다.

컨디션도 좋지 않고 날씨도 우중충하다.

"후우……."

동현은 바닥을 물들이는 빗방울을 짜증스럽게 바라보았다.

동현은 손에 쥔 우산을 펴며 발걸음을 옮겼다.

후두두 불규칙적으로 우산을 두드리는 빗방울 소리가 오늘따라 거슬린다.

피곤하다.

동현은 신경질적으로 머리를 쓸어 넘기며 가방을 고쳐 멨다.

현기증이 일어날 지경. 오늘 일은 똑바로 할 수 있을까 하는 의문이 들었다.

동현은 주머니에서 이어폰을 꺼내 귀에 찔러 넣었다. 이어폰을 통해 나오는 음질이 귓바퀴를 타고 흘러들어 왔다.

세상과 조금씩 차단되는 느낌이 든다.

클랙슨을 울리며 달려 나가는 자동차 소리도, 삼삼오오 모여 떠들어대고 있는 사람들의 목소리도 모두 아득히 먼 곳으로 가 있는 것 같은 느낌이 든다.

휴대전화를 주머니에 집어넣고 다시 발걸음을 옮겼을 때, 비트를 깬 하나의 이질적인 소리가 음악 소리를 뚫고 들려왔다.

끼이이이익!

쾅!

갑작스런 소리에 고개를 돌리기도 전, 육체를 때려오는 육중한 무게에 시야가 뒤집혔다.

지면에 피부가 닿음과 동시에 동현의 입에서 짧은 단말마가 터져 나왔다.

손끝이 떨리고 눈꺼풀이 천근만근은 되는 양 무겁고 폐부에서 끓어오르는 아픔이 전신을 휩쌌다.

"이봐, 정신 차려요!"

근처에서 사람들이 웅성대는 소리와 함께 놀란 여자들의 비명 소리가 들려왔다.

하지만 그 소리들은 윙윙거리며 귓바퀴를 맴돌 뿐 정확히
귀에 박히지 못했다.

동현의 눈이 거의 감기려 할 때쯤, 무언가 반짝이는 것이
그의 눈에 들어왔다. 하지만 그는 아무런 행동도 취하지 못한
채 그대로 정신을 잃었다.

＊　　　＊　　　＊

'으윽……'

세상이 빙글빙글 도는 것만 같은 느낌에 동현은 미간을 찌
푸리고 고개를 좌우로 흔들며 살며시 눈을 떴다.

"헉!"

눈을 뜨자마자 보이는 것은 눈이 아플 정도로 새하얗기만
한 공간.

허우적거려 봐도 잡히는 것 하나 없고, 손에 스치는 바람
하나 없다.

이질적이기만 한 공간.

불안감이 물밀 듯 들기 시작했다.

'설마 죽은 건가……?'

방금 전까지 무슨 일이 일어났는지 생생하게 기억난다.

자신을 친 육중한 물체는 분명히 차다. 눈을 뜨니 병원이
아닌 이런 곳이라면 당연지사 죽은 것이리라.

"하!"

헛웃음이 나왔다.

그와 동시에 지난 인생이 너무나도 허무하게 느껴졌다.

24년 동안 차에 치여 죽기 위해서 공부를 해왔던가.

지금까지 하고 싶은 것도 하지 못한 채 대학 등록금이나 벌려 삐끼짓이나 하고 다니다가 죽는 것이 자신의 운명이었던가 하는 느낌에 신경질까지 났다.

동현은 신경질적으로 머리를 쓸어 올렸다.

[$&()$#@$!!]

한참 짜증스러운 표정으로 있던 동현의 귀에 누군가의 목소리가 들려왔다.

"무슨 소리? 잠깐, 목소리 좀 줄여주……."

한 번도 아니고 계속해서 들려오는 사람의 목소리. 그 목소리가 얼마나 컸는지 동현은 페이스를 잃고 크게 소리쳤다.

"목소리 좀 줄이라고!!"

동현이 소리를 빽 지르자 주위에서 들리던 사람의 목소리가 사라졌다.

목소리가 사라지자 동현은 말을 한 사람이 누구인지 찾기 위해 주위를 돌아보았으나 아무도 없음에 고개를 갸웃거렸다.

그때, 동현의 주위에 순간적으로 새하얀 무언가가 생겨나더니 그의 머리를 감쌌다.

갑작스러운 상황에 당황한 동현은 손을 허우적대며 뭔지 모를 물체를 쳐내려 했지만, 그의 행동은 부질없는 일이었다.

[이제 좀 들리나?]

아까와는 다르게 목소리의 크기도 줄어들고, 알아들을 수 있는 말을 하는 것에 동현은 살짝 고개를 끄덕였다.

[에잉, 어른한테 소리나 지르고, 요즘 젊은것들은 예의가 없어, 예의가.]

"…죄송한데, 어디 계시는 거죠?"

[그리고 보니 내 모습이 보이지 않겠군.]

말이 끝나는 순간 목소리의 주인은 또 한 번 알 수 없는 이상한 말을 중얼거렸다.

그리고 그가 그 말을 그만두었을 때, 주위에서 은색 빛이 쏟아져 나오더니 그곳에서 하나의 인형이 모습을 드러냈다.

하얗게 빛바랜 머리카락, 우리나라에선, 아니, 지구상에선 볼 수 없는 은빛 눈동자를 지닌 파리한 노인.

노인은 판타지 영화에서나 나올 법한 기다란 로브를 뒤집어쓰고 한 손에는 신비한 느낌의 보랏빛 지팡이를 든 채 자신을 바라보고 있었다.

"누, 누구……?"

노인의 모습을 훑어보는 동현. 그의 행동에 노인은 동현의 머리를 가격했다.

딱!

"왜 때리세요!"

[노인을 위아래로 훑는 것은 예의가 아닐세. 그건 그렇고, 이렇게 마나가 희박한 세상에서 어떻게 살아가는 건지, 신기하기도 하군.]

혼잣말하듯 중얼거리는 그의 행동에 동현은 고개를 갸웃거리다가 물었다.

"누구시죠?"

동현의 물음에 노인은 그를 뚫어져라 쳐다보더니 몇 분 후 입을 열었다.

[어느 나라의 사람인가?]

"제가 먼저 누구냐고 여쭤봤는데요."

"대한한국 사람입니다만, 외국인이세요?"

동현의 물음에 노인은 '대한민국?' 이라고 되묻기만 할 뿐, 동현의 말에 대답해 주지 않았다.

[대한민국은 어디에 있는 나라인가?]

"…제 물음에 대답 좀 해주시죠."

동현의 말에 노인은 기다란 수염을 쓸어내리며 인심 쓰듯 물어볼 게 뭐냐고 말했다.

"여긴 어디고, 할아버지는 누구시며, 제가 왜 여기 있는 거죠?"

[궁금한 것도 많은 청년이로군. 여기는 내가 만든 영혼의 공간이고, 난 페로니아 대륙의 황실마법사 유그아닌이라고

하며, 내가 자네를 이곳으로 데려왔으니 이곳에 있는 것일세.]

"황실마법사, 뭐? 뭐요?"

동현이 그게 무엇이냐는 듯이 되묻자 유그아닌이라는 노인은 모르냐고 되물었다.

동현이 고개를 끄덕이자 유그아닌은 깊은 한숨을 내쉬며 말했다.

[도대체 아는 것이 뭔지 참 궁금하군. 황실마법사란 것은 황궁에서 일하는 마법사를 말한다네.]

"아니, 제가 궁금하다고 한 것은 황실 쪽이 아니라 마법사 쪽인데요."

[마법사? 마법사를 모르나?]

"마법사라고 하면 반지의 제왕에 나오는 간달프나 판타지 소설에 나오는 이상한 이름의 마법사 말고는 모르는데요."

[오호! 이 세계에도 마법사가 존재했나? 그런데 이렇게 마나가 희박하다니, 다른 마법사들은 다른 마나 운용법을 사용하는 건가?]

놀란 눈으로 물어보는 유그아닌의 행동에 동현은 당황한 듯 상체를 뒤로 기울였다가 한심하다는 표정으로 답했다.

"대한민국 사람 말은 끝까지 들어주셨으면 하는데요. 그 사람들은 다 인간의 머릿속에서 만들어진 허구의 인물들입니다. 그리고 마법 같은 것은 존재하지도 않아요."

동현의 말에 노인은 안타깝다는 듯 굳혔던 얼굴을 풀었다.

[그렇다면, 그렇다면 이곳에 페로니아 제국은 존재하는가?]

진지한 표정으로 물어보는 유그아닌의 물음에 동현은 고개를 내저었다.

순간적으로 유그아닌의 표정이 씁쓸함이 담기긴 했지만 이내 본래대로 돌아와 잘못본 건가 하는 생각이 들게 했다.

[자네, 이름이 무엇인가?]

"유동현이요."

[역시 다르군. 지금 이 상황에 대해선 추후 천천히 설명해 주겠네.]

"그 전에 한 가지 여쭤볼 것이 있습니다만……."

[뭔가?]

"혹시… 저 죽었나요?"

[음? 자네가 죽긴 왜 죽어?]

"하지만 아까……."

동현은 시야가 어두워지기 전 자신에게 일어난 일을 떠올렸다.

성난 코뿔소마냥 자신을 들이받은 자동차.

당황한 표정으로 정신 차리라고 외치는 많은 사람들.

아까의 일을 떠올리는 동현의 표정이 형편없이 구겨졌다.

[죽고 싶었다면 유감이네만 자네는 살아 있네.]

"예?"

유그아닌의 말에 동현의 머릿속을 지배하던 수많은 기억들이 구석으로 달아났다.

"그럼 저는……."

[죽기 직전이었지. 물론 내가 여기서 아무런 조치도 취하지 않는다면 자네는 죽을 걸세. 이 장소에 있다는 것 자체가 육체에서 영혼이 떠났다는 소리와 다름없으니 말일세.]

"그럼 어떻게 해야 하는데요?"

[나를 도와준다면 자네가 죽지 않도록 해주겠네.]

그의 말에 순간적으로 좋다고 대답하려던 동현은 급히 입을 틀어막았다.

저 노인을 어떻게 신뢰할 수 있지?

의문감이 마음속을 지배했다.

처음 만나는 사람이다.

마법사니 알 수 없는 이상한 제국이 존재하느냐느니 이상한 말을 하는 사람. 제대로 된 정신이 박힌 사람인지 알 수 없었다.

"할아버지를 어떻게 믿으라는 거죠?"

[할아버지가 아니라 유그아닌이라고 부르시게. 어느 빌어먹을 녀석 때문에 할아버지라는 말을 많이 싫어하거든. 그리고 믿든 안 믿든 그건 자네 마음일세. 하지만 밑져야 본전 아닌가?]

유그아닌의 말을 신뢰할 수는 없지만, 그의 말대로 밑져야 본전이다.

　[그러니까 그냥 도와주시게.]

　'알겠나?' 하고 한쪽 눈을 찡긋하며 말하는 유그아닌의 행동에 동현은 어쩔 수 없다는 듯 대답 대신 슬쩍 고개를 끄덕였다.

　[고맙네!]

　유그아닌은 동현의 대답에 그의 왼팔을 잡고 다시금 알아들을 수 없는 이상한 말을 중얼거렸다.

　그렇게 삼사 분 정도를 중얼거리던 유그아닌이 은빛 눈동자를 반짝이며 눈을 떴을 때, 동현의 팔에 묵직한 무엇인가가 느껴졌다.

　[계약은 성사되었다. 난 자네가 자신을 보호하기 위한 힘이 되어줄 것이고 자네는 나의 지지대가 되어줄 것이다.]

　"이건 뭐……!"

　동현이 막 말을 하려 입을 열었을 때 갑자기 주위가 허물어지듯 위에서부터 하얗고 작은 알갱이들이 우수수 떨어지기 시작했다.

　[흐음, 역시 붕괴되는군. 앞으로 잘 부탁하네, 유동현.]

　유그아닌은 희미하게 웃으며 동현의 이마에 손을 대고 작은 스펠을 중얼거렸고, 그렇게 다시금 동현의 시야는 검게 물들었다.

＊　　　＊　　　＊

번쩍하고 뜬 동현의 눈에 보인 것은 익숙지 않은 천장, 그리고 머리 아플 정도로 코를 찌르는 소독약 냄새였다.

“으윽…….”

상체를 일으키려 팔을 움직이니 온몸이 비명을 지르는 듯 고통이 전신으로 퍼져 나갔다.

“살아… 있나…….”

꽤 오래 기절해 있었던 것인지 동현의 목소리가 심하게 갈라져 나왔다.

‘그건 꿈이었나?

머리가 지끈거린다.

평소에 잠도 제대로 자지 못한데다가 교통사고까지 겹쳐 악몽 같지도 않은 악몽을 제대로 꾼 듯싶다.

[꿈이라니, 이 몸과의 첫 만남을 고작 한낱 꿈으로 치부해 버리면 곤란하네.]

갑자기 들려오는 소리에 고개를 돌려보니 새하얀 그 꿈과 같은 장소에서 보았던 노인이 간이침대에 앉아 자신을 바라보고 있었다.

“으아, 으아아.”

깊게 가라앉은 목소리 때문에 소리를 지르지 못하는 동현은 놀란 눈으로 유그아닌을 바라보며 당황스러움을 표했다.

[흐음, 육체가 제 기능을 모두 잃기 전에 영혼이 다시 돌아가서 다행이었다네. 사고 때문에 다친 곳 말고 별다른 것은 없는 것 같군.]

"나중… 에 설명… 들을 테니……."

[허허, 힘들면 말하지 않고 생각으로 하면 된다네. 계약은 예상외로 편한 것이니 말일세.]

유그아닌의 말에 순간적으로 의문을 품어 그의 말대로 행하려 하였으나 갑작스럽게 뛰어들어 오는 누군가에 의해 그의 행동은 묵살되었다.

"유동현!"

"…형?"

급하게 병실로 들어온 사람은 다름이 아닌 배한결이었다.

'하긴, 올 사람이 적긴 하지.'

한참 대학 다닐 때 친하게 지내던 아이들도 휴학함과 동시에 연락을 모두 끊었으니 아마 자신이 다쳤다는 사실도 모르고 있을 것이다.

"야, 유동현. 너, 괜찮아?"

손을 잡고 말하는 한결의 행동에 동현은 웃음을 머금고는 가볍게 고개를 끄덕였다.

한결은 간호사와 의사가 동현의 몸 상태를 체크하고 나갈 때까지 그를 걱정스러운 눈으로 바라보고만 있을 뿐, 근처에 있는 유그아닌에 대한 말은 꺼내지 않았다.

‘어째서 유그아닌을 보고도 아무렇지 않은 거지? 그전에 쳐다보지도 않는 것 같은…….’

[음? 설명해 주지 않았나? 내 모습은 자네 외에 다른 이들에게는 보이지 않네.]

갑작스럽게 들려오는 유그아닌의 목소리에 동현은 일시적으로 몸을 떨고는 그에게 대답했다.

‘그런 말 한 적 없거든요!’

동현이 슬쩍 눈을 흘겨 유그아닌을 바라보다가 다시금 한결을 바라보자 그가 걱정스러운 표정으로 입을 열었다.

“좀 괜찮아?”

아까와 별로 달라진 것 없는 물음에 동현은 그렇다고 대답했다.

목이 또다시 아파와 목소리가 갈라져 듣기 거북한 소리가 흘러나왔지만 한결은 그런 것 따위는 신경 쓰지 않는다는 듯 걱정스러운 표정으로 동현을 바라볼 따름이다.

“그러게 너, 내가 노래 들으면서 다니는 버릇 좀 고치라고 했지.”

그가 조금은 화난 표정으로 말했다.

‘그런 적이 있던가…….’

아마 없는 것으로 기억한다. 집에 함께 돌아갔던 적은 단 한 번도 없으니까.

“기억에… 없… 는데요.”

“아플 땐 태클 좀 걸지 말지?”

목이 아파 조금씩 말을 끊으며 말하자 한결은 한숨을 내쉬며 컵에 빨대를 꽂아 입에 넣어주었다. 다행히 빨대로 물을 마시는 데는 큰 지장이 없었다.

“고맙습니다.”

“너, 얼마나 심각했는지 알아? 자그마치 일주일을 기절해 있었고, 잠시 동안 심장이 안 뛰었다고 하더라.”

심장이 안 뛰었다고 하는 한결의 말에 동현은 슬쩍 자신의 옆에서 창밖을 바라보고 있는 유그아닌을 바라보았다.

‘그 말이… 사실이었던 건가…….’

[자네는 평소 속고만 살았던 겐가?]

동현의 혼잣말에 창밖을 보던 시선을 돌려 대답하는 유그아닌의 행동에 동현은 슬쩍 고개를 저으며 한결에게 시선을 옮겼다.

“일 못 나가서 죄송합니다.”

“일이 문제냐? 너도 참 워커홀릭이다. 아니, 그의 대표주자라고 해도 손색이 없을 것 같아.”

“형만 하려고요. 그런데 그 정도였다면 중환자실감 아녜요?”

심장이 안 뛰었다는 말은 일시적으로 죽었다는 말과 다름없다. 게다가 일주일 가깝게 기절해 있었다면 중환자실에 있어야 할 터.

어째서 사 인실도 아니고 꽤 휘황찬란해 보이는 일 인실에 자신 혼자 턱하니 있는 것인지 동현으로선 알 수 없었다.

"원래 중환자실에 있었어. 그런데 이틀 전인가부터 몸이 급격히 좋아져서 산소호흡기도 뗀 거고 일반 병실로 옮기라고 했는데, 내가 일 인실로 해달라고 했어. 너 사람 많은 거 싫어하잖아. 아플 때만큼은 편하게 쉬어야지."

조금은 자랑스러운 표정으로 말하는 한결의 익살스러운 행동에 동현은 슬쩍 미간을 찌푸리며 말했다.

"돈지랄……."

"…진짜 귀염성 없다, 너."

*　　　*　　　*

[자네를 꽤 좋아하는 것 같더군.]

'징그러운 소리 하지 마세요.'

유그아닌의 말에 동현은 작게 웃으며 말했다. 그의 대답에 유그아닌은 동현의 곁으로 다가와 그의 옆에 앉았다.

'이제 제대로 설명 좀 해주세요. 할아버… 아니, 유그아닌은 도대체 누구예요?'

[말하지 않았는가. 페노리아 제국의 황실마법사라고 말일세.]

'누가 그거 물어봤어요? 본인 입으로 마법사인가 뭔가라고 했고, 계약이었나? 그건 뭐예요?

동현의 물음에 유그아닌은 얼굴을 찌푸렸다.

[성질 급하긴. 일단 마법사라는 증거는…….]

말끝을 흐리며 턱을 긁적이던 유그아닌은 좋은 생각이 났다는 듯 자리에서 일어났다.

"헉!"

설명을 해달라고 부탁을 하던 동현은 그가 한 행동을 보고 말도 안 된다는 듯 눈을 비비고 또 비볐다.

"어, 어떻게 고, 공중에……."

바닥에서 적어도 50센티 이상 떨어져 있는 유그아닌의 몸. 동영상이었다면 합성이나 와이어를 썼다고 반박할 수 있겠지만 그럴 수 없었다.

"거짓말……."

설마 사고 때문에 머리가 어떻게 된 것이 아닌가 하는 의문까지 들었다.

[허허, 육신이 있다면 플라이 마법을 써서 보여주겠다만 유감스럽게 영혼 상태라 말일세.]

눈으로 보고도 믿을 수 없었다.

[이거면 믿겠는가?]

그의 물음에 동현은 반사적으로 고개를 끄덕였다.

살아 있는 사람으로서는 도저히 할 수 없는 행동.

간혹 TV에 공중부양을 하며 초능력자라고 나오는 경우가 있었으나, 추후엔 짜고 친 고스톱마냥 거짓말인 경우가 다반사였다.

[그럼 이제 계약에 대한 설명만 해주면 되나?]

혼잣말을 중얼거리던 유그아닌은 멍하니 자신을 바라보는 동현을 진지한 눈으로 바라보며 말했다.

[내가 지금부터 하는 얘기는 그 누구에게도 발설해선 안 되네.]

"발설한다 해도 아무도 안 믿을 걸요. 그전에 제가 정신병자가 되기 십상이니 하래도 안 합니다."

유그아닌이 공중에 떠 있어서일까, 잠시 말을 더듬은 동현은 민망한 듯 헛기침을 하며 슬쩍 그의 시선을 피했다.

[흐음, 어디서부터 말해야 좋을지……. 그래, 난 그곳에서 '어떤 일'을 당하여 차원의 결계를 통해 이곳으로 넘어왔네. 하지만 영혼의 파장이 맞지 않는 이 세계에서는 날 받아들이지 않고 소멸시키려 했지. 내가 살아남을 수 있는 길은 이 세계에 살고 있는 사람 중 파장이 제일 잘 맞는 사람과 영혼의 계약을 맺어 하나의 정신이 될 수밖에 없었네.]

계약이라는 말을 하며 공중에 띄웠던 몸을 내려 동현의 근처로 다가왔다.

[하지만 그런 사람은 쉽게 만날 수 있는 게 아니지. 아무리 파장이 잘 맞는 사람이라 하더라도 그 파장을 느끼려면 육체의 힘보다 영혼의 힘이 강해야 하지. 그런데 때마침 자네가

죽기 직전의 사고를 당해 육체에서 영혼이 빠져나오려 했고, 난 그 순간 자네의 영혼을 잡아 내가 만든 공간으로 데려간 것이네. 그래서 계약을 맺은 것이지.]

속사포로 쏟아내는 유그아닌의 설명에 멍하니 듣고 있던 동현은 진지한 그의 표정에 거짓말을 하는 것은 아니라는 점을 느꼈다.

하지만 문제는 그가 하는 말이 쉽게 납득하기 어려운 이야기임과 더불어 잘 이해가 가지 않는 부분들이 있다는 사실이었다.

학생 시절에 급우들이 책방에서 빌려 온 장르 소설책을 몇 번 읽어본 적은 있지만, 현실로 일어난 적은 없었다.

"그렇다면 어떻게, 아니, 계약이라는 게 도대체 뭡니까?"

[영혼의 계약, 즉 두 사람의 영혼과 영혼, 정신과 정신을 하나로 묶는 것을 말한다네. 계약할 때에도 말했듯이 난 자네가 자신의 몸을 보호할 힘을 제공해 줄 수 있다네. 그리고 자네는 내가 목숨을 부지할 수 있는 생명줄이 되어주는 게지.]

"그럼 제가 뭘 해야 하는 겁니까?"

[음? 아무것도 안 해도 된다네. 자네는 그냥 안 죽기만 하면 돼.]

동현은 복잡한 유그아닌의 설명에 머리가 아픈지 양 미간을 꾹 누르며 그가 한 말을 곱씹었다.

영혼의 계약, 마법사, 듣도 보도 못한 이상한 나라의 이름,

제국…….

동현에게는 받아들이기 힘든 것뿐이다.

"할아버지의…….."

[유그아닌일세! 유. 그. 아. 닌!]

갑작스럽게 말을 끊으며 얼굴이 벌게질 만큼 소리치는 그의 행동에 동현은 귀를 틀어막으며 알았다고 고개를 끄덕였다.

어지간히도 할아버지라는 말을 싫어하는 것 같았다.

그러고 보니, 처음 이상한 공간에서 만났을 때도 어느 사람 때문에 그 말을 싫어하게 되었으니 할아버지라 부르지 말아 달라고 했었지.

[뭐, 내 말을 믿고 싶지 않으면 억지로 믿으라고는 안 하네. 나 역시 이 세계가 전혀 믿어지지 않으니 말일세. 그리고 추가로, 자네의 그 왼손에 걸린 것, 그것이 계약의 증표일세. 자네가 원치 않는다면 다른 사람의 눈엔 보이지 않으니 걱정하지 않아도 될 게야.]

유그아닌의 말에 동현은 슬쩍 왼쪽 팔을 들어 올려 팔을 바라보았다.

"음?"

유그아닌의 눈동자 색과 유사한 두꺼운 은색의 사슬.

얇은 사슬이 아닌 옛날에 놀이터에서 그네를 만들 때 사용했던 굵은 철 덩어리가 유그아닌과 동현의 왼손목을 연결해

주고 있었다.

"이게 무슨……."

무게를 전혀 느끼지 못했다.

이런 것이 손목에 감겨 있는지도 눈으로 보고서야 알 수 있었다.

[원한다면 무게를 추가시킬 수도 있네. 사실상 영혼의 계약은 수천 년 전 어느 대마법사가 자신의 제자를 수련시키기 위해 만들어낸 마법이라고 하니 말일세. 그게 후에 이리 변질된 것이지만 말이야.]

턱을 긁적이며 말하는 유그아닌. 그의 행동에 동현은 낮은 한숨을 내쉬었다.

[영혼에 계약에 자세한 추가 설명이 필요한가?]

"아뇨, 아뇨. 이 이상 듣다간 머리가 과부하 걸려서 터져 버릴 것 같으니 나중에요."

[그건 그렇고, 자네 마법 한번 배워볼 생각 없나? 내가 자네 체질을 잠시 살펴봤는데 말이지, 마법사 하기 딱 걸맞은 것 같네만.]

유그아닌의 말에 동현은 기분 나쁜 소리 하고 있다며 질린 표정을 지었다.

21세기에 마법이니 마법사이니, 누가 들으면 아직도 공상의 세계에서 헤어 나오지 못하고 있느냐며 비웃을 것이다.

유그아닌은 대답 없는 동현을 향해 마법을 배우면 많은 것이 편해진다며 동현을 꾀었다.

"필요없어요."

[필요없다니! 마법이 얼마나 실용적인데! 수식을 외우거나 하는 게 귀찮아서 그렇다면 마나만이라도 익혀보는 건 어떤 가? 그건 뭘 외울 필요는 없네만.]

마법이니 마나니 유그아닌은 알 수 없는 소리를 떠들어대 며 동현의 정신을 어지럽게 만들었다.

"그만!"

참다못해 동현은 이제 더 이상은 못 참겠다는 듯 유그아닌 의 말을 막았다. 예의에 어긋난다는 것은 알지만 어쩔 수 없 었다.

"마법이니 마나니 제 알 바 아니에요. 관심도 없고 배울 생 각도 없으니 이제 그 얘기는 그만하세요."

머리가 지끈거린다.

갑자기 계약이니 뭐니 지껄이질 않나, 마법을 배우라고 하 지를 않나.

학창 시절 친구에게 잠시 빌려 읽었던 판타지 소설에만 나 오는 일이 본인에게 일어나는 것 같아 헛웃음이 나왔다.

동현은 자신의 말에 시무룩한 표정을 지으며 창가에 앉아 창밖을 바라보고 있는 유그아닌을 보며 넋 빠진 사람처럼 웃 어 보이다가 이내 체념한 듯 고개를 좌우로 내저었다.

*　　*　　*

　동현의 대답에 간호사는 그에게 가볍게 인사를 한 후 유그아닌에게는 시선도 주지 않고 나가버렸다.

　보이지 않으니 당연한 일이겠지.

　이 병원에 입원해서 현재까지 가장 많이 듣고 있는 소리가 '기적적이다' 라는 말이었다.

　완전히 죽었다 살아난 사람이 며칠 사이에 정상인처럼 몸의 타박상마저 완전히 사라져 버렸으니 기적이라 부를 만도 했다.

　그 누가 보더라도 그런 상처는 적어도 한 달 이상 입원해야 나을 만한 상처니까.

　"제발 아무거나 잡아 뜯지 마세요!!"

　유그아닌과 함께 지내기 시작한 뒤로 동현에게 늘어난 또 하나의 일상은 그에게 화를 내는 것이었다.

　유그아닌의 설명을 들음으로써 반의반 정도는 그의 말을 신뢰했지만, 그와 함께 지내게 되면서 그의 말은 백 퍼센트 진실이 되었다.

　기본적은 음식은 물론이고 한글과 컴퓨터는 기본, 가전제품에 대해서도 아무것도 몰랐다.

　음식은 외국인이니까 그럴 수도 있겠거니 했고, 가전제품은 140살씩이나 먹은 노인이니 그럴 가능성도 배재하지 않을 수 없다고 생각했다. 그러나 그런 사람이 물건을 하나하나 관찰하고 종이를 펴놓고 어떤 식으로 만든 것인지 분해하려는 행동에서 정말로 그가 이 세계에 대해 모르는 것임을 알 수 있었다.

보통이라면 궁금하다며 사용법을 알려달라고 하지 어떤 식으로 만들어졌냐며 분해하려는 사람은 없으니까.

게다가 알아들을 수도 없는 수식이라는 것을 운운하면서 말이다.

[그러니까 이건 이곳에서의 라이트 마법과 비슷하다 이거군.]

"전기가 영어로 라이트는 맞습니다만, 마법은 절대 아니에요."

[오호! 그렇다면 마법처럼 보이지 않는 수를 썼다는 건가? 대단하군. 마나가 전혀 느껴지지 않아.]

"애초에 마법이란 게 존재치 않는다니까 그러시네."

마치 희극 연극배우처럼 과장된 제스처를 취하는 유그아닌의 행동에 동현은 혀를 차며 긴 한숨을 내쉬었다.

마법 같은 건 존재하지 않는다고 입이 닳도록 말해도 유그아닌은 그럴 리 없다며 갖가지 물건들에 이상한 영어로 말하며 '이건 이 마법이구나!' 하고 어린아이처럼 기뻐했다.

"지루하다……."

그나마 유그아닌이 말상대가 되어주어 병원을 탈출하고

싶다는 극단적인 생각은 하지 않았으나 빨리 퇴원하고 싶다
는 것만큼은 깨어나고부터 지금까지 계속 드는 생각이다.

[그렇게 심심하면 나가면 되지 않나?]

"저도 나가고 싶어요."

특히 일.

뒷말을 삼킨 동현은 한숨을 내쉬며 노을이 붉게 물들어가
는 것을 바라보았다.

처음 정신을 차리고 이틀 정도는 좋았다. 일을 시작하고 지
금까지 제대로 쉬어본 적이 없어서 꽤 좋았지만 지금은 오히
려 월급 문제 때문에 골머리를 썩고 있다.

복학 문제 때문이었다.

"통장이라도 깨야 하는 건가."

동현은 깊은 한숨을 내쉬었다. 보험이야 동현은 들지 않았
지만 운전자 측에서 들었다고 했으니 보험금이 나오긴 나올
터.

한결의 말에 의하면 백이삼십 정도가 나왔을 거라고 했다.

하지만 이것으로는 택도 없다.

원래 있던 돈에 백만 원가량이 더해진다고 해서 절반도 채
모으지 못한 돈이 등록금과 맞아떨어지는 것도 아니고 이 상
태로 해 봐야 장학금을 받는다 하더라도 어림없었다.

"복학은 글렀나……."

문제가 동현에게만 있는 것은 아니었다.

소현도 새 학기이기에 학교 운영비나 급식비 등을 지불해야 할 텐데, 소현에게는 그러할 능력이 없었다.

그렇다고 집 나간 아버지가 들어와 '옜다, 학교에 내거라' 하면서 줄 리도 없고 애초에 그 사람이 학교에 내는 돈에 신경을 쓸 리가 없다.

동현이 고등학생이었을 때에도 휴일에 짬짬이 알바를 스스로 해결했으니까. 그것은 소현도 마찬가지다.

하지만 그녀는 이제 고등학교 3학년이다. 동현이 고3이었던 시절, 그는 수능은 물론 돈이 필요하다는 사실에 얼마나 많은 스트레스를 받았던가.

소현에게만큼은 절대로 그런 스트레스를 받게 하고 싶지 않았다.

침대 위에서 이런저런 생각을 하느니 차라리 하루라도 빨리 나가 일을 나가는 것이 더 나을 것 같다. 동현은 한숨을 내쉬며 침대에서 내려왔다.

하루 종일 병실 안에만 있으니 몸도 찌뿌드드하고 근육이 제발 좀 움직여 달라고 비명을 지르는 것 같다.

[어디 가는 겐가?]

"산책이라도 하려고요. 같이 가실래요? 유그아닌도 계속 병실 안에만 계셨잖아요."

[좋지.]

동현의 제안에 유그아닌은 고개를 끄덕이며 가부좌를 틀

고 앉았던 자리에서 일어나 동현의 옆으로 날아왔다.

"그거 아무리 봐도 진짜 익숙해지지 않는 거 알아요?"

[허허, 앞으로 죽을 때까지 동고동락해야 하는 사이인데 어서 익숙해지시게.]

"말이 쉽지……."

며칠 사이에 유그아닌과 동현의 사이는 처음보다 꽤 가까워져 있었다.

가벼운 농담조차도 주고받지 않던 전과는 달리 요즘엔 서로 말도 편하게 했다.

평소엔 낮을 심하게 가리는 동현이지만, 상황이 상황이고 아무도 없는 병실에서 유그아닌과 단둘이 있으니 친해지지 않으려야 않을 수가 없었다.

[어디 갈 건가?]

"일단……."

육성으로 말하려던 동현은 순간 옆을 지나가는 간호사를 보고 급히 입을 막고는 다시 생각으로 대답했다.

'병원 밖으로는 못 나가니 병원 앞이나 좀 돌아다니죠.'

[그러지.]

동현은 이동 폴대를 끌고 바로 1층으로 내려왔다.

"어?"

접수처 근처에 다다랐을 때, 동현의 눈에 익숙한 인형이 들어왔다.

넥타이를 아무렇게나 매고 후줄근한 옷을 입고 있는 남성.

며칠 면도를 하지 못했는지 수염은 지저분하게 자라나 있고, 눈 밑에는 짙은 다크서클이 자리하고 있다.

[자네와 조금 닮은 것 같은데, 인연이 있는 사람인가?]

'…떼려야 뗄 수 없는 인연을 가진 사람이죠.'

유그아닌의 말에 동현은 조금 짜증스럽게 대답을 하며 급히 발걸음을 옮겼다.

언제나 무관심하고 아들보다 일을 중시하는 워커홀릭인 척하며 여자나 끼고 다니는 저 사람은 동현이 다쳤다는 것을 알 리가 없다.

당연하다.

사실을 알고 있는 한결도 아버지에게 알리지 않았다고 했고, 동생에게조차 알리지 않았으니까.

아마 자신을 보러 온 것은 아닐 터였다.

게다가 저런 후줄근한 차림으로.

아버지는 한참을 카운터에 있는 간호사와 이야기를 나누다가 어딘가에서 다가온 남자와 대화를 나누었다.

대화 내용은 들리지 않았지만 대충 입 모양으로 보아서는 고맙다, 죄송하다, 그리고 다시는 이런 일이 없도록 하겠다는 말이다.

"하!"

죄송하다는 말과 다시는 이런 일이 없도록 하겠다는 말.

그런 것이 나온다면 답은 다 나왔다. 아무래도 아버지란 작자는 전날 어디에서 사고를 쳐 동현과 같은 피해자 하나를 만들어낸 듯싶다.

바깥에서 어떻게 하고 돌아다니면 우연히 마주칠 때마다 이러한 상황만 보는가. 보지 않아도 뻔하다. 아마 오늘뿐만이 아니고 이러한 일이 수두룩하겠지.

동현은 어처구니없다는 표정을 안면 가득 담으며 상대방과 악수를 나누는 아버지를 보며 혀를 찼다.

[인연이 있는 자라면서 안 만나나?]

'제가 저 사람을 만나야 할 이유가 없어요.'

차가운 표정으로 말하는 동현에 유그아닌은 어깨를 으쓱이며 조용히 그의 뒤를 따랐다.

"유동현 환자 분?"

동현이 빠른 걸음으로 접수처를 지나가려 했을 때 한 간호사가 그의 이름을 불러왔다.

동현은 작게 혀를 차며 고개를 돌렸다.

"예?"

일하는 장소가 아니어서인지 아버지 때문에 감정이 격해져서인지 그의 목소리에 짜증이 섞여 나왔다.

하지만 간호사는 그런 동현의 짜증스러움을 느끼지 못했는지 얼굴을 붉히며 말을 이어갔다.

"그… 저… 어, 어디 가시나 해서요."

쑥스럽다는 듯 차트로 얼굴의 절반을 가린 채 말하는 간호사의 행동에 동현은 작은 한숨을 내쉬었다.

"답답해서 바람 좀 쐬고 올까 해서요. 혹시 안 됩니까?"

"아, 아니요. 그럴 리가요. 보, 보호자 분께서 도망치려고 하시면 바로 연락 달라고 하셨거든요."

어색하게 웃으며 말하는 그녀의 말에 동현은 얼굴에 미소를 새겨 넣으며 살짝 고개를 숙여 인사를 했다.

옆에서 유그아닌이 가식적이라고 중얼거렸지만, 동현은 애써 외면하며 다시금 발걸음을 옮겼다. 아니, 옮기려 했다.

"유동현?"

자신과 별반 다를 것 없는 너무도 익숙한 목소리가 귀를 찌르고 들어왔다.

너무도 듣기 싫은 목소리.

동현은 자신을 부르는 상대의 목소리에 미간에 주름을 새겨 넣었다.

"부르셨어요?"

갑작스럽게 얼굴의 표정을 지우는 동현을 본 그의 아버지는 씁쓸하다는 듯한 미소를 지었지만 동현은 여전히 무표정한 얼굴로 그를 바라보았다.

"어디 아프냐? 환자복까지 입고……. 입원할 정도라면 많이 아픈 것 같은데……."

"아무것도 아닙니다. 그런데 무슨 일이라도 저지르셨, 아

니, 아닙니다. 정 걱정되신다면 집에 들어가세요. 소현이가
걱정합니다."

감정없는 목소리로 기계적으로 대답하는 동현의 행동에
유그아닌은 왜 그러냐는 듯 동현의 이름을 불렀지만 그는 애
써 무시하며 아버지를 응시했다.

"…그래, 들어가마. 그런데 학교는 잘 다니고 있는 거냐?
공부는 잘하고 있고?"

아버지의 눈을 피하며 말하고 대답하던 동현은 공부 얘기
를 꺼내는 그의 행동에 얼굴을 구겼다.

"아버지는 아들에 대한 관심사가 고작 그런 것뿐이세요?
아니, 됐습니다. 더 이상 아버지와 말 섞고 싶지 않네요."

동현은 자신의 아버지에게 살짝 고개를 숙이고는 다시금
발걸음을 옮겼다.

"왜 저렇게 삐뚤어진 건지……."

걸음을 옮기는 동현의 등 뒤로 아버지의 중얼거림이 들렸
다.

'왜 저렇게 삐뚤어진 건지' 라니! 동현은 어이가 없다는 듯
헛웃음을 쳤다.

본인이 한 잘못을 본인이 모르다니.

마음 같아서는 당장에라도 아버지의 앞에 뛰어가 그때 왜
그랬냐고, 그리고 지금은 왜 이곳에 있는 것이냐고, 무슨 일
을 저질렀느냐고 소리치고 싶었다.

속이 끓어올랐다.

동현이 아버지에게 내뱉은 말이 버릇없이 굴었다는 것은 알고 있다. 하지만 믿었던 사람에게 받는 배신감은 형용할 수 없을 만큼 크기만 했다.

[사이가… 좋아 보이지는 않는군.]

유그아닌의 물음에도 열심히 발을 놀리던 동현은 벤치 앞에 이르러서야 입을 열었다.

"많이 안 좋죠."

시무룩하게 말하는 동현의 머리 위를 겨울바람이 진정하라는 듯 스치고 지나갔다.

눈물 나도록 추운 겨울이다.

Chapter 02
기회는 왔을 때 잡아야 한다

그 후로 일주일 뒤 병원에서 퇴원할 수 있었다.

CT 촬영과 모든 검사는 정상으로 나왔고, 아무리 지켜봐도 별다른 이상 현상이 없기에 퇴원 조치를 취해준 것이다.

"그나저나 정말 신기하네."

동현의 회복 속도에 놀란 것은 의사와 간호사뿐만이 아니라 동현 자신조차 놀랐다.

설마하는 생각에 유그아닌에게 물어봤지만, 그는 타박상만 치료해 주었을 뿐 다른 곳은 손댄 적이 없다고 한다.

[뭐, 전혀 무관하다고 할 수는 없지만 말일세.]

'예?'

[계약을 하게 되면 상대의 모든 것을 공유하게 된다네. 그로 인해 자네는 내 마나를 공유하게 된 것이고, 그 마나가 아마 자네 몸의 회복을 빠르게 도와준 것이겠지. 지금도 미약하게나마 자네의 몸에 내 마나가 섞여 들어가 있으니 아마 맞을 걸세.]

'또 어려운 얘기……'

[허허허, 이렇게 된 거, 마나를 한번 익혀보는 건 어떤가? 분명 도움이 될 것 같은데.]

'거절할게요. 지금 하는 공부만으로 복잡해요. 그런 거 배울 시간 없어요.'

동현의 대답에 유그아닌은 혀를 차며 말했다.

[쯧쯧, 좋은 기회를 발로 차버리는 녀석이 여기 또 하나 있구먼. 내가 살던 세계에선 내게 배우려고 줄을 섰는데 말이지.]

'그건 유그아닌 세계에서고요.'

[쩝, 아무리 그래도 마나에 의한 영향은 받게 될 걸세. 그런데 이 밤에 어디 가나?]

'일이요.'

[호오, 기생오라비 같은 백수인 줄 알았더니 직장이 있었던 겐가?]

'…시끄러워요.'

거의 이 주일 만의 출근.

그사이에 돈을 벌지 못해 동현은 피눈물을 흘릴 정도로 슬펐으나, 못한 공부도 조금 했고 쉴 만큼 푹 쉬었으니 나쁘지 않다고 생각했다

[머릿속에 돈 생각으로 가득하구먼. 에잉, 속물 같으니라고.]

동현이 이 주일 동안 벌지 못하는 돈과 그사이에 들 식비와 방세 등을 머릿속으로 계산하는 동안 유그아닌이 작게 중얼거렸다.

그에 동현은 덤덤하게 대답했다.

'전 굶어 죽기 싫어요. 돈만큼 세상에 중요한 게 어디 있다고.'

[어린것이 벌써부터 속세에 찌들어가지고는…….]

'이 나이 되도록 세상물정 모르고 멍청이 짓 하는 것보단 낫죠.'

느릿한 발걸음으로 나이트클럽에 들어선 동현은 작게 중얼거리던 입을 다물고 귀에 꽂고 있던 이어폰을 빼냈다.

"야!"

"아, 깜짝이야!"

나이트에 들어서자마자 옆에서 들려오는 소리에 동현은 놀란 듯 눈을 동그랗게 뜨고 소리가 난 곳으로 고개를 돌렸다.

"형, 이 주일 만에 출근하는 사람 고막 터뜨릴 일 있어요?"

동현은 가슴을 쓸어내리며 한결을 노려보았다. 그의 시선
에 한결은 동현의 팔을 가볍게 때리며 말했다.

"이게 사고 나고도 정신을 못 차려. 밖에서 노래 들으면서
다니지 마!"

"소리 작게 했어요."

"넌 둔해서 안 되니까 듣고 다니지 마."

"거절할게요."

이 장소가 마음이 편해진다.

고작 몇 개월밖에 다니지 않았지만 집이나 도서관보다 이
곳이 마음이 편하다. 물론 오픈 전까지만.

"그런데, 사장님이 더 쉬라고 하지 않으셨어?"

"그냥 나왔어요. 이번 달 엄청 아슬아슬하거든요."

침울한 표정을 지으며 손가락으로 동그라미를 그려 보이
자 한결과 다른 동료들은 그 심정을 이해한다는 듯 안쓰러운
표정을 지었다.

물론 그중엔 '워커홀릭의 대표자' 라고 놀리는 사람들도
있었지만.

[이곳이 자네가 일하는 장소인가?]

유그아닌은 마치 유원지에 처음 와본 어린아이처럼 나이
트클럽 내부를 신기하다는 듯 둘러보았다.

"네, 나이……."

습관적으로 육성으로 말한 동현은 급히 입을 막으며 주위

를 둘러보았다.

다행히 모두들 오픈 준비에 바빠 동현의 말소리를 듣지 못
했다.

'네, 나이트클럽이라는 곳이에요.'

[나이트클럽? 그것은 뭐지?]

유그아닌은 동현에게 질문을 하며 품 안에서 작은 수첩과
같은 것을 꺼내 그의 말을 받아 적을 준비를 했다.

유그아닌과 함께 생활하며 느낀 것이지만, 그의 메모 습관
은 경이로울 정도로 완벽했다.

모르는 것이 있으면 그 자리에서 바로 적어 수시로 읽고 나
중에는 척척 대답하는 모습을 보여주어 동현을 놀라게 만들
었다.

'나이트클럽은… 이쪽 사람들이 노는 장소 중 하나예요.'

[노는 장소? 유희 말인가?]

'비슷해요. 어차피 노는 거니까. 나머지는 이따가 오픈하
면 알아서 보세요.'

건성으로 대답하고 카운터로 걸어가는 동현에게 그는 너
무하다고 칭얼거렸지만, 돌아오는 것은 불쾌하다는 듯 인상
을 찌푸린 동현의 표정이었다.

"동현아."

동현이 카운터에 다가가자 한결이 굳은 표정으로 불러왔
다.

"왜요?"

"큰일 났어."

"무슨 큰일?"

"그분이 화나셨어."

절망적인 표정을 지으며 테이블 구석을 가리키는 한결.

그의 손가락을 따라 시선을 옮기니 나이트클럽의 사장이 섭외실장에게 큰 소리를 내고 있었다.

"…왜 하필 오랜만에 출근했을 때 이러는 걸까요."

"낸들 아냐. 네 운이 나빴다고 생각해."

대수롭지 않다는 듯 어깨를 으쓱이는 한결에 비해 다른 웨이터들의 얼굴은 점점 굳어져만 갔다.

동현이라고 다를 것은 없었다.

사장은 손님은 왕, 직원은 노예라는 말을 실현시켜 주는 사람이었다.

직원을 막 대하거나 컵이나 물품을 깨먹는다고 욕하고 때리지는 않지만, 손님에 관해서는 입에 담지 못할 욕을 하는 그런 사람이었다.

물론 그가 손님을 최우선시하는 이유는 돈 때문이었다.

컵, 그릇 등을 깰 경우 나가는 지출은 그리 크지 않다.

하지만 손님 하나를 놓쳤을 때 떨어지는 수익률.

그것을 아는 사장이기에 그는 항상 '만 원을 잃는 것은 용서하지만 십만 원을 잃는 것은 살인 후 시체를 유기한 것과 다름없다' 는 터무니없는 말까지 한 적이 있다.

　다른 사람이 듣기에는 지나치게 과장한 듯싶었으나 사장 만큼은 그리 생각하지 않는 것 같았다.

　"그런데 오늘은 왜 저러시는 거예요?"

　"너 우리 중에 귀 제일 좋잖아? 직접 들어봐. 난 안 들리니까."

　"그 말, 본인은 잘릴 일 없으니까 대충 눈치로 때려 맞혀서 사장님 비위 맞추라는 소리로밖에 안 들리는데요."

　"정답, 상품은 없어."

　한결의 무책임한 말에 직원들은 모두 그를 노려보며 각자 할 일을 하러 갔다.

　이런 상황에서 사장의 눈 밖에 났다가 모가지 당하는 것은 시간문제니까.

　"무슨 일인지 몰라요?"

　"그걸 왜 나한테 물어봐?"

　"형 아버지잖아요."

　동현의 말에 한결은 어깨를 으쓱이며 답했다.

　"내가 아버지 일을 다 알고 있어야 하냐. 그리고 알면 내가 이렇게 구석에 처박혀 있겠어? 호랑이 굴에 빠진 불쌍한 팀장님 구해주러 달려갔겠지."

　심각한 문제일 거라고 단언하는 그의 말에 동현은 가만히 사장 쪽을 바라보다가 가볍게 고개를 끄덕였다.

[저들의 대화를 듣고 싶나?]

"앗!"

쨍그랑!

갑작스레 들려오는 목소리에 놀란 동현은 손에 들고 있던 컵을 놓쳐 버렸다.

잡겠다고 손을 뻗어보았지만 컵은 이미 동현의 손을 벗어나 땅으로 곤두박질쳐 산산조각 나버렸다.

"…퇴근할래?"

"죄송합니다."

조용한 어투로 물어보는 한결의 말에 동현은 뒷머리를 긁적이며 사과의 말을 건넸다.

"아직 아픈 거 아니야?"

"아뇨. 손이 좀 미끄러워서 그런 것이에요."

퇴원한 지 얼마 되지 않아서인지 몸이 안 좋으면 얘기하라는 한결의 말에 애써 웃어 보인 동현은 고개를 돌려 유그아닌을 매섭게 쏘아보았다.

'갑자기 말 걸지 마세요!'

[허허허, 미안하네. 저들의 대화를 듣고 싶어 하는 것 같아서 말일세.]

'듣고 싶은 건 맞습니다만, 듣기도 전에 잘리고 싶진 않아요. 근데 갑자기 그건 왜 물어봐요?'

[이곳에서도 저들의 대화를 들을 수 있는 방법을 가르쳐 줄

까 해서 말일세.]

그의 말에 말없이 깨진 유리조각을 쓸어 담던 동현의 움직임이 일순 멈추었다가 재개되었다.

'말도 안 되는 소리 하지 마세요.'

[허! 자네는 해보기도 전에 항상 부정적인 말을 먼저 하는구먼. 속는 셈 치고 내 말대로 해보기나 하시게.]

유그아닌의 말에 동현은 작게 어깨를 으쓱이며 그의 말을 기다렸다.

말없이 그의 말을 기다리는 동현의 행동에 유그아닌은 애써 웃음을 참으며 말했다.

[흐흠. 간단하네. 귀로 마나를 모으고 듣고자 하는 내용에 귀를 기울이면 된다네.]

'…지금 개그하세요?'

짜증난다는 듯 눈을 흘기며 묻자 유그아닌은 왜 그러냐는 듯 의문을 잔뜩 담은 채 물었다.

[개그라니? 난 사실을 말한 것뿐일세. 그러니 그 경박스러운 눈초리는 치워주지 않겠나?]

'똑바로 설명 안 해주면 할아버지라고 부릅니다?'

평소에 하지 않던 실수에 짜증이 난 것인지 동현은 짜증나는 표정을 감출 생각도 하지 않은 채 말했다.

[그럼 어떻게 설명하란 말인가?]

'기초도 없는 사람이 이해할 수 있는 수준으로.'

[흐음…….]

그는 한동안 말없이 한쪽 눈썹을 올리며 수염을 쓸어내렸다.

[지금은 어찌 설명할 줄 모르겠으니 내 직접 시범을 보여주겠네. 지금의 느낌을 잘 기억하게. 그러면 나중에 내가 도와주지 않아도 혼자 할 수 있을 게야. 잠시 몸에 힘을 빼주게.]

유그아닌의 말에 동현은 의심스러운 마음을 감추지 못하다가 이내 그가 지금까지 해왔던 기이한 일을 떠올려 내고 간이 의자에 앉아 몸에 힘을 뺐다.

웬만하면 앉지 않는 동현이 의자에 앉았기 때문일까, 한결은 힘드냐고 물어왔고, 동현은 고개를 내저었다.

"잠시만 앉아 있을게요."

의자에 앉아 힘을 빼니 슬며시 눈이 감겨왔다.

동현의 행동에 유그아닌은 슬쩍 고개를 끄덕이더니 가부좌를 틀어 앉고는 한 손으로 팔목에 감긴 사슬을 어루만졌다.

그 순간, 유그아닌의 손목에 있는 사슬이 새하얀 빛을 내더니 사슬을 타고 동현의 팔목으로 이동해 가기 시작했다.

누군가가 본다면 무슨 현상이냐고 놀랄 것임에 분명했지만, 동현은 눈을 감고 있었고 그를 볼 수 있는 사람은 동현뿐이기에 감탄사 따위는 들려오지 않았다.

[마나를 자네의 몸으로 옮겼네. 이제 이 감각을 잘 기억해놓게나.]

팔목에서부터 뜨듯한 무언가가 타고 올라온다.

얼핏 포근한 무언가가 부드러이 감싸주는 것 같은 느낌.

하지만 부정적으로 본다면 뱀이 기어 다니는 이질적인 느낌 같기도 했다.

팔을 타고 흘러들어 온 이질적인 그 느낌은 조금씩 얼굴로 향하기 시작했다.

움찔!

동현의 얼굴 근육이 미세하게 움직인다.

이질적인 감각은 도둑처럼 조심스럽게 귀로 향했다.

그리고 더 이상의 움직임은 없었다.

[자, 지금의 상태를 유지하면서 들으려 하는 말에 귀를 기울이게.]

동현은 유그아닌의 말대로 조심스레 눈을 떠 사장과 실장의 대화에 귀를 기울였다.

움찔!

동현의 귀가 미세하게 떨려왔다.

─그래서 지금 잘했다고 하는 거야, 뭐야?! 일 처리를 똑바로 해야 그쪽에서도 만만하게 안 볼 거 아냐!

─죄송합니다. 정말 죄송합니다, 사장님.

─다시는 그 가수 부르지 마! 그 기획사 가수도 섭외하지 말고!

─예, 그, 그러겠습니다.

─지금 당장 대체할 가수 찾아! 가수가 아니어도 좋으니까 분위기 띄울 수 있는 애로 적당히 찾아봐!

대화가 거의 끝날 때쯤이었던 것인지 사장은 대체할 아이를 찾으라고 화를 내며 실장을 지나쳐 갔다.

"야, 야야야, 유동현, 이제 그만 일어나. 빨리."

사장이 자리에서 벗어나자 한결은 급히 동현의 어깨를 두드렸다.

한결이 동현을 건드리자 체내에 있던 이질적인 감각은 처음부터 있지도 않았다는 듯 감쪽같이 사라져 버렸다.

"아, 네."

한결의 부름에 놀라 자리에서 벌떡 일어난 동현은 자신에게 무슨 일이 있었는지 어리둥절해하는 표정으로 유그아닌을 바라보았다.

[제대로 들렸는가?]

느긋한 표정으로 말하는 유그아닌.

그의 말에 동현은 굳은 표정으로 고개를 끄덕였다.

[이제야 내 말을 믿는가?]

'아니, 그전부터 믿긴 했어요. 완벽하게 백 퍼센트 신뢰한 게 아닐 뿐이죠.'

[에잉, 비정한 녀석.]

유그아닌의 말에 어깨를 으쓱이며 자리에서 일어난 동현은 카운터 위의 쟁반 하나를 집어 들었다.

"오픈 때부터 나가서 일하려고?"

"팁이 절실히 필요할 때거든요."

긴 한숨을 내쉬며 말하는 동현의 등을 토닥이며 안쓰러운 표정을 자아냈다.

"어, 오신다."

동현의 등을 토닥이던 한결은 사장이 카운터 쪽으로 다가오는 것을 보고 후치 아이스 한 병을 꺼내 들었다.

그리고는 컵에 얼음을 채워 술을 따라 막 도착한 사장에게 내밀었다.

한결이 내민 컵을 받아 든 사장은 화가 났다는 사실을 숨길 기색이 없다는 듯 씩씩거리며 그대로 입에 털어넣었다.

"오늘은 실장님이 또 뭐 저질렀어?"

태연하게 물어오는 한결의 질문에 사장은 붉게 물든 얼굴을 잔뜩 구기며 손에 들고 있던 컵을 쾅 소리 나게 내려놓으며 말했다.

"그 빌어먹을 한연화인가 연수인가 하는 계집년, 인기 있으면 이런 스케줄은 펑크 내도 된다는 거야, 뭐야!"

한연화.

데뷔한 것은 4년 전이지만 지금까지 무명으로 보냈던 가수.

몇 개월 전 'I still love you' 라는 곡을 발표함과 동시에 모든 음악 차트 1위를 기록하며 현재 큰 인기를 누리고 있는 솔로 가수이다.

"한연화? 그 부채 들고 춤추는 애? 아버지, 장담하는데, 한참 인기몰이하고 있는 놈들은 섭외해 봤자 타이어 펑크 내듯이 펑크 내니까 좀 돈 될 것 같으면서도 펑크 안 낼 애들을 섭외하라고 해."

"그딴 건 둘째치고, 오늘 무대를 메울 놈이 없는데 어쩌라는 거야! 에이! 빌어먹을 년!"

화가 풀리지 않는다는 듯 주먹으로 카운터 데스크를 내려치는 사장의 행동에 한결은 진정하라며 빈 컵에 술을 따랐다.

"무대 메우려면 지금이라도 빨리 다른 가수 영입해야 하는 거 아냐?"

"그럴 시간이 어디 있냐! 삼십 분 후가 오픈인데! 가수 아니어도 분위기 띄울 만한 놈 하나 건져오라고는 했다만, 일도 그딴 식으로 처리하는 놈이 할 수 있을는지. 에이!"

"가수 아니어도 분위기 띄울 수 있는 애라면 여기도 있잖아."

한결이 동현을 손가락으로 가리키며 말했다.

그의 말에 사장의 시선이 동현에게 닿았다.

사장은 조금씩 시선을 내려 그를 훑어보고는 말했다.

"눈에 익은데……."

"아버지, 동현이잖아, 유동현. 교통사고 당해서 입원했던 애."

"아아~ 하라는 일 똑바로 안 하고 룸 안에서 쌩 지랄하다가 맞았던 놈인가?"

생각났다는 듯 크게 손바닥을 부딪치며 말하는 사장. 그의 말에 어색하게 웃어 보이는 동현이었으나 맞는 말이기에 반박할 수는 없었다.

[에잉, 역시 기생오라비 같은 녀석은 일을 똑바로 안 하는구먼.]

그럴 줄 알았다는 듯 당연하다는 투로 말하는 유그아닌의 말에 동현은 안면 근육을 씰룩였다.

아무도 없다면 큰소리치며 근거도 없는 말 하지 말라고 따지고 들었을 테지만, 모두가 보고 있는 이 자리에서 그럴 수는 없기에 그는 낮게 이를 갈았다.

"그래서, 이놈 노래 잘해?"

"3주 전 주말에 손님 갑자기 몰려온 거, 호객하러 간 애가 애였어. 다른 웨이터 말로는 노래 불러서 꼬드겼다더라고."

한결의 말에 사장은 그때가 생각났다는 듯 고개를 끄덕이며 조금은 달라진 시선으로 동현을 바라보았다.

"네놈이 돈줄이었구나."

"…예?"

"너 일 며칠이나 쉬었지?"

"거의 2주 가까이 쉬었습니다만……."

끝을 흐리며 하는 동현의 말에 사장은 그의 팔을 잡으며 말했다.

"오늘 무대에 올라가서 분위기만 잘 띄워준다면 이번 달 월급은 그대로 줄 테니 어떠냐?"

강하게 눈을 부릅뜨고 협박하는 말투에 동현은 반사적으로 고개를 끄덕였다.

"좋았어. 대신 못하면 넌 이번 달 무일푼 노동이다."

"와, 동현이 큰일 났네."

아무래도 갑작스레 벼랑으로 밀려난 것만 같은 기분이 들었다.

오랜만에 출근해서 갑자기 무대에 올라가라니.

엄연히 거부권은 있었으나 눈빛으로 협박하는 그 제의를 거절할 수가 없었다.

거절했다가는 무슨 꼴을 당할지 모르니까.

"…형 저주할 거예요."

"거절할게. 무대에 올라가는 건 새벽 2시니까 1시까지는 평소랑 같이 일하면 돼."

아까 쉬라고 하던 사람은 어디 갔는지 환하게 웃으며 쟁반을 내미는 한결의 태도에 질렸다는 듯 고개를 내저었다.

"정말 형은……."

"너무 좋다고?"

"개념이란 것을 갖다 버린 사람 같아요. 이번에 잘못되면 형 자취방 찾아가서 한 달 동안 놀고먹을 거니까 그렇게 아세요."

"야, 얌마! 나 네놈 병원비 내느라 이번 달 월급 가불했어!"

"그건 돈지랄한 형 사정."

모 아니면 도.

운이 좋아 나이트클럽 분위기를 살리는 데에 성공한다면 이번 달엔 돈 문제로 쪼들릴 가능성이 줄어든다.

손님들에게 팁은 받지 못하겠지만, 2주일 동안 일한 값을 받는다는 것은 동현에게 있어 좋은 일이다.

물론 실패한다면 이번 달은 한 푼도 받지 못하겠지만.

"이야, 내 아버지이지만 무일푼으로 사람 부려먹는 저 자세는 참 대단해."

"…제3자의 입장이 되어보시죠. 무슨 기분인지."

"거절할게."

*　　　*　　　*

무대 준비라고 해봤자 동현이 할 만한 것은 아무것도 없었다.

그저 부를 노래를 정하고 평소와 같이 일을 하고 있으면 되는 것이다.

한참을 팁 받는 것을 하나의 행복으로 삼으며 일하고 있을 때, 한결이 동현을 불렀다.

"휴게실 안에 옷 준비해 뒀대."

한결의 말에 동현은 아무런 말도 하지 않은 채 그를 지나쳐 휴게실로 들어갔다. 의자 위에는 옷이 반듯하게 접혀 있었다.

동현은 의자에 있는 옷을 들어 올리며 중얼거렸다.

"빌어먹을 월급……."

내키지 않는 것은 아니다.

그렇다고 해서 무대 위가 좋을 만큼 동현 본인에게 익숙한 자리인 것도 아니었다.

동현은 목소리가 매우 좋은 편이고 음악적인 감각이 뛰어난 편이었다.

이를 활용해 고등학생 시절 스스로 용돈 벌이를 위해 라이브 카페에서 아르바이트 식으로 노래를 했던 적이 있고, 학교 밴드부에서 활동을 했던 적도 있긴 하다. 그리고 가수를 꿈꾸었던 적도 있긴 했다.

하지만 선천적으로 그에게 치명적인 한계가 있었으니 성대가 너무 약했던 것이다. 일정 시간 이상 목을 사용하거나 피로가 조금만 쌓여도 금세 목은 컨디션을 잃고 만다.

그 때문에 자신이 무대에 오를 일은 없으리라 생각했던 동현이었다. 더군다나 나이트클럽 밤무대라니. 어색한 것은 어쩌면 당연할 지도 몰랐다.

"동현아, 빨리 나와!"

밖에서 한결의 목소리가 들려오자 동현은 대답없이 발걸음을 옮겨 탈의실을 빠져나왔다.

기분 탓인지 모르겠지만, 아주 잠시 동안 사람이 몇 배는 불어난 것 같았다.

"갑자기 현기증이 날 것 같은 기분이……."

"실패하면 월급이 날아간다고 생각하고 불러."

"그건 노래에 대한 실례예요."

돈과 노래를 연관시키려는 한결의 행동에 동현은 그를 흘겨보고는 무대 아래로 걸어갔다.

무대에 올라간 이상, 적어도 이십 분가량의 시간은 끌어야 한다.

본래 오기로 했던 한연화의 스케줄상 나이트클럽에서 15분이나 20분 정도 있다가 간다고 했으니 그다음 무대가 준비될 때까지만 하면 된다.

"너무 달아오르지 않게 하도록 해. 똑바로 안 하면 한 달 월급 알지?"

"…네."

동현은 한숨을 내쉬며 답했다.

사장의 주문은 너무 달아오르지 않게 하라는 것.

동현의 무대로 인해 분위기가 지나치게 뜨거워진다면 지나친 아드레날린 분비로 인해 사소한 일에도 크게 반응할 수도 있었다.

실제로 취객이 많은 나이트클럽 특성상 과도한 흥분은 종종 사고로 이어지게 마련이니까.

그렇게 되면 난장판이 될 가능성도 충분히 높겠지.

적당히 자신이 룸 안에서 흥얼거리듯이 했던 것처럼 편안한 마음으로 부르면 된다.

"후우……."

손에 난 땀을 바지에 닦아내고 있을 때, 유그아닌이 동현에게 물었다.

[뭔데 그리 긴장하고 그러나?]

'…돈이 걸린 문제요.'

유그아닌에게 대답한 동현은 마른침을 삼켰다.

아까 한결에게 돈과 노래를 연관시키는 것은 실례라고 말했지만, 사실상 한 달 월급이 달려 있는데 누가 똥줄이 타지 않고 배기겠는가!

"시간 됐다. 올라가."

동현이 마음을 가라앉히고 있을 때, 옆에 있던 한결이 마이크를 건네주며 그의 등을 두어 번 두드려 주었다.

"유동현답지 않게 긴장?"

"설마요."

동현이 무대 위로 올라감과 동시에 DJ가 큰 소리로 말했다.

“자, 뜨거운 밤을 이어나갈 우리 동방 나이트의 명물! 처음으로 소개합니다! 우리의 얼굴마담 웨이터 막둥막둥! 막둥이… 나와라!”

방정맞은 DJ의 목소리가 들리고, 그와 동시에 ‘뭐야?’ 하는 어리둥절한 말과 더불어 막둥이를 아는 사람에 한한 함성이 들렸다.

“여러분 안녕하십니까!”

무대에 올라선 동현은 스마일 마스크를 뒤집어쓰고 크게 손을 흔들었다. 무대 아래 손님들은 동현의 인사에 환호를 지르며 연신 동현의 이름을 불러댔다.

동현은 어느 정도 사람들이 무대에 집중하자 DJ에게 음악을 틀어달라는 사인을 보냈고, 그 후 신명나는 비트 소리가 홀을 가득 채웠다.

신나는 비트 소리에 술을 마시던 사람들은 스테이지 위로 올라와 춤을 추기 시작했고, 동현은 그 장단에 맞추어 작게 몸을 흔들었다.

간주가 끝나가자 동현은 입 앞에 마이크를 가져다 댔다. 입이 열리고, 폐부 깊숙한 곳에서부터 흘러나오는 파격적인 목소리!

그의 입을 타고 나온 목소리는 마이크를 타고 스피커로 전해져 모두의 귀에 못처럼 박혔다.

강하게 음을 이끌어감과 동시에 커다란 임팩트를 남기는

매혹적인 목소리. 파격적인 고음을 내는 데 있어서 듣기에 부담도 없었다.

게다가 흡입력이 강해 일을 하던 웨이터들마저 동현에게 시선을 빼앗길 정도였다.

"후우!"

약간의 시간이 흐르고 노래를 끝마친 동현은 힘들다는 듯 마이크에서 입을 뗀 후 가볍게 숨을 몰아쉬었다.

"여러분, 재미있어요?"

동현이 눈웃음을 치며 말하자 술을 마시던 사람, 춤을 추던 사람 모두 커다랗게 긍정의 대답을 토해냈다.

"한 번 더 놀 사람 손!"

귀엽게 손을 살짝 올려 보이며 손을 들으라는 제스처를 취하자 여자들은 귀엽다며 일제히 손을 들었다.

두 번째 곡이 시작되고, 사람들은 아까보다 더 달아오른 듯 대부분 스테이지 위에 올라와 춤을 추며 동현의 노래를 감상했다.

마치 콘서트장 못지않은 환호 소리.

동현이 노래를 끝낼 때마다 '앙코르!', '오빠, 잘생겼다!' 하는 목소리가 연이어 들려와 동현은 조금 당황한 듯 무대 위에서 버벅대는 모습을 보였다.

하지만 그것도 잠시, 바로 다음 곡이 흘러나오자 언제 당황했냐는 듯 자연스럽게 다음 곡으로 이어나갔다.

동현에게, 그리고 모든 손님에게 짧은 듯 느껴진 20분은 화살같이 빠른 속도로 지나갔다.

한없이 쏟아지는 박수갈채를 받으며 무대에서 내려온 동현은 감격스런 표정을 짓고 있는 사장을 보며 몸을 떨었다.

"사, 사장님?"

"역시! 내 눈은 틀리지 않았어! 자네는 역시 내 돈줄이야!"

"예?"

"내가 제안 하나 하지. 주 3회, 한 번에 세 곡 하면 50. 그리고 금요일이나 토요일 피크타임 직전에 나가서 홍보까지 해주면 70. 콜?"

사장의 제안에 동현은 놀랐다는 듯 눈을 크게 떴다.

주 3회 50. 게다가 밖에 나가 홍보하는 것만으로 20을 더 얹어준단다.

일주일에 세 번, 세 곡만 부르면 한 달에 50만 원을 주겠다는 짭짤한 제안. 게다가 주당 한 번 나가서 홍보하는 것으로 20을 더 얹어주겠단다.

동현은 씨익 웃으며 답했다.

"콜."

수입도 수입이지만 동현에게 있어서는 너무도 좋은 제안이었다.

자신이 진실로 하고 싶었던 것.

본인도 느끼고 있었지만 동현은 다른 모든 것을 통틀어 제일 잘하는 것이기도 하고 좋아하는 일이기도 하다.

포기해야만 했던 소망, 얼마나 오랜 시간을 버텨낼 수 있을지는 모르겠지만 지금 이곳 나이트클럽이라면, 이 장소라면 괜찮을 듯싶다.

게다가 이제는 아버지의 눈치를 보며 살 필요도 없으니까.

*　　　*　　　*

"돈이랑 노래를 연관시키는 건 실례라면서?"

"취소하죠, 뭐."

"진짜 뻔뻔하다. 근데, 그런 재주가 있었으면 이 형한테 말해야지 입 다물고 있었냐?"

조금 쉬라는 사장의 말에 휴게실에 들어와 목을 축이고 있을 때, 자신을 따라 들어온 한결이 익살스러운 표정을 지으며 말했다.

"재주?"

"노래 말이야, 노래. 그렇게 잘하는 줄 알았으면 진작 아버지한테 너 올려 보내라고 하는 건데."

"아아……."

"그런데 너, 가수 할 생각 없어? Dream Star인가 그 국민 스타 1차 오디션 하고 있잖아."

한결의 물음에 동현은 큰 소리로 웃으며 말했다.

"형, 저 공부해야 하는 거 아시잖아요."

너무도 자연스럽게 공부해야 한다며 한결의 의견을 묵살한 동현.

그의 말 때문인지 한결의 표정이 조금은 진지하게 변했다.

"너 언제까지 네가 하고 싶은 거 숨기면서 살 거야?"

"예?"

"이번 사고에서 뭔가 느끼는 거 없어? 너 다쳤을 때, 거의 죽기 직전까지 갔을 때."

한결의 말에 동현은 기억을 더듬어 처음 사고가 났을 때를 떠올렸다.

그때 느꼈던 감정.

그것은 허무함과 조금의 분노였다.

지금까지 해온 것이 사고 한 번으로 무너짐에 대한 허탈과 허무.

지금까지 하고 싶었던 것을 단 한 번도 해보지 못한 것에 대한, 도전하려고도 하지 않았던 점에 대한 분노.

동현은 슬쩍 벌렸던 입을 굳게 닫으며 시선을 내리깔았다.

"사람 인생 한 번에 훅 가. 네 녀석이 나한테 그랬잖냐. 도전해 보지도 않고 못할 거라고 단정 지을 거면 나가 뒈져 버리라고."

키득거리며 말하는 한결의 말에 동현 역시 슬쩍 웃어 보였다.

"싫다고 하면 강요는 안 하겠다만, 솔직히 너 만나고 지금까지 그렇게 즐거워하는 표정을 처음 봤거든. 기회는 왔을 때 잡는 게 좋으니까. 자, 그럼 쉬고 나와라. 난 먼저 나갈 테니까."

한결은 생각할 시간을 주겠다는 듯 동현의 머리를 헝클어뜨리며 휴게실을 빠져나갔다.

고요한 적막감이 휴게실에 내려앉았다.

홀에서는 커다란 비트와 함성 소리가 연거푸 스며들어 왔지만 동현의 귀에는 그 무엇도 들리지 않았다.

처음부터 가수라는 꿈을 꾸지 않았던 것은 아니다.

노래라는 것을, 음악이라는 것을 처음 접하고 나서 막연하게 그것에 관련된 직업을 갖고 싶다고 생각했다.

그 이후 동현은 항상 습관적으로 노래를 불렀다.

그 무엇이 존재치 않아도 노래 하나만 있으면 평생을 살아갈 수 있을 것만 같은 기분이 들었던 그 시절.

그 부풀어 오르는 감정에, 동현은 목이 좋지 못하더라도 끊임없이 노래를 지키고 살아왔다.

그는 옛날부터 다른 사람들과는 다르게 선천적으로 성대가 약했다.

때문에 조금만 목을 혹사 하거나 노래를 서너 곡 정도만 불러도 금방 쉬어버리기 일쑤.

게다가 컨디션 조절도 잘 하지 못하면 걸걸한 목소리로 몇

주를 지내야만 했었다.

때문에 아버지에게 가수가 되고 싶다는 말을 하는 것을 망설였다.

목이 약한 탓에 걱정을 끼쳐 드린 적이 여러 차례 있었기 때문이다.

하지만 동현은 용기를 가졌다.

처음으로 가진 장래 희망이었고, 아버지도 동현이 하루 빨리 장래희망을 찾기를 원하셨으니까.

그쪽까지 생각이 닿자 동현은 기쁜 마음으로 아버지에게 그 뜻을 전했다.

하지만 돌아오는 것은 '좋은 생각이다!' 라는 칭찬이 아닌, '정신 빠진 소리 하지 마라' 라는 차가운 면박이었다.

처음엔 너무나도 큰 충격을 받았다.

꿈을 가져 너무도 행복했던 그때를 짓밟은 아버지에게 악감정이 솟구쳐 올랐다.

하지만 그런 생각도 얼마 가지 못했다.

그 시절에는 한참 아버지의 말을 법으로 따르고 있었던 때라 아쉬운 마음을 뒤로한 채 꿈을 마음속 깊은 곳으로 넣어둘 수밖에 없었다.

하지만 동현의 노래 사랑은 끊어지지 않았다.

좋아하는 노래가 나오면 무슨 수를 써서라도 앨범을 구매해 방구석에 숨겨두기도 했고 인터넷에 올라온 창법에 대한 짤막한 지식을 외우기도 했다.

하지만 그것도 고등학생 때까지.

어른이 되고 나서는 자신과는 먼 직업에 눈을 돌렸다.

가수라는 직업은, 본인 혼자 잘나서 노래를 잘 부른다고 해도 든든한 뒷배가 없으면 될 수 없는 경우가 많았으니까.

하지만 이제 와서 생각해 보면 어째서 그런 생각을 했지 싶다.

그 시절 자신은 무엇을 했는가.

그저 가수라는 꿈을 동경하기만 했을 뿐, 한 번도 그것을 이루려 시도하지도 않았다.

가수를 꿈꾸고 있는 사람이라면 한두 번쯤 나가본다는 공개 오디션조차 나가지 않았다.

그저 아버지의 반대와 신체적 한계 탓에 소중한 꿈을 접어 버렸다.

그리고 다시 펼 생각조차 하지 않았다.

문제는 자신에게 있었다.

아버지의 반대가 뭐라고 어른이 된 지금도 뜻을 펴지 못하고 있고 그 뜻을 펼 생각조차 하지 않았다.

정말 진심으로 하고 싶었던 일인데 아버지의 말 한마디로 지금까지 도망만 치고 있던 것이다.

아버지의 눈치만 보고 아무것도 하지 못했을 뿐이었다.

적어도 일탈이라 생각하고 한 번쯤은 해볼 걸 하는 후회감이 이제야 물밀 듯 밀려왔다.

동현은 조용히 눈을 감으며 두 손으로 얼굴을 감쌌다.

어째서 이 중요한 것을 잊어버리고 있었던 것일까.

그 시절에는 너무도 행복해 불러온 노래는 이제 추억의 뒤편으로 사라지고 없어진 지 오래되어 버렸다.

"왜 난……."

잊어버리고 있었던 것일까.

지나간 기억들이 하나둘 떠오르기 시작했다.

무대에서 노래하는 그들을 동경하던 작은 소년.

세상을 다 가진 것처럼 행복한 미소를 짓고 있던 그때를.

"유그아닌."

동현은 잠긴 목소리로 자신을 내리다보고 있는 유그아닌을 불렀다.

[왜 그러시나?]

손으로 감싸고 있던 얼굴을 드러낸 동현이 흔들리는 눈동자로 유그아닌을 응시하며 말했다.

"유그아닌은 꿈을 이룰 수 있는 방법이 있다면 망설이지 않으실 거예요?"

동현의 물음에 유그아닌은 작게 한숨을 내쉬며 그의 말의 요지를 깊게 생각하기 시작했다.

[망설인다……. 아마 망설일 것 같네만.]

망설이지 않을 것이라는 대답을 기대한 동현의 예상과는

달리 그는 망설일 것 같다고 답했다.

동현은 그의 말에 이해가 되지 않는다는 듯 어째서 그러냐고 물었다.

[꿈을 이루게 된다는 것은 자네가 생각하는 것보다 어렵네. 아니, 어렵다기보단 무서운 일이지.]

"네?"

[난 말일세, 꿈을 이룬다는 것은 하나의 즐거움이 사라지는 것이라고 생각하네.]

자신이 경험해 봤다는 듯 말하는 유그아닌의 말에 동현은 그의 말을 경청했다.

[사람들은 자신이 가지고 있는 꿈을 이루려 노력하고, 그것으로 행복을 느끼지. 하지만 그 목표와 꿈이 이루어진다면 사람들은 게을러지고 나태해지게 마련일세. 자네는 지금 자네가 꿈을 이루게 된다면 어떻게 할 텐가? 그리고 지금까지 자네가 원하던 것을 이루고 나서 그다음 행동은 어땠는가? 더 나아지기 위해 노력했나, 아니면 나태해졌는가?]

어느새 열정이 사라져 있었다.

언제나 그랬다.

원하던 것을 이루고 나면 다 되었다 하는 생각에 한동안은 모든 것을 놓아버리고 만다.

[자네가 원하는 것을 이루었을 때 기분이 어땠는가?]

유그아닌의 물음에 동현은 수능에 합격했을 때를 떠올렸다.

합격자 발표가 나는 날 컴퓨터를 부여잡고 있던 자신과 그의 친구들.

합격이라는 두 글자가 컴퓨터 화면에 떠오르는 순간 그는 기쁨에 찬 함성을 지르며 입가 가득 행복한 미소를 머금었다.

"행복했죠."

[그때 자네는 한 번의 꿈을 이루었네. 꿈은 무수히 많이 바뀌어. 꿈을 이룬 사람이 또 다른 꿈을 꿀 수 있지. 예전에 이룬 바가 있다면 또 한 번 새로운 꿈을 찾아보시게나. 가수라는 직업이 무엇인지 나는 잘 모르지만 자네가 열정적으로 그것을 하고 싶다면 밑져야 본전이라는 심정으로 한번 해보는 게 낫지 않나?]

동현은 조용히 눈을 감았다.

하고 싶은 것.

지금까지 묻어두었던 작은 열망.

이제 세상에 다시 꺼내놓아도 되지 않을까.

"알겠습니다."

그의 눈꺼풀이 올라가고 굳은 의지를 담은 검은 눈동자가 드러났다.

[해보겠다고 마음먹은 겐가?]

"안 하고 늙어가는 것보단 도전이라도 해보려고요."

결과가 어떻게 되는지는 상관없다. 그저 모든 사람 앞에서 노래를 부르고 싶다.

무대 위에 올라 박수갈채를 받고 싶고 모두가 자신의 노래를 들어주었으면 좋겠다.

[그 변덕스러운 성격으로 무엇을 할 수 있을지는 모르겠지만 말일세.]

"…분위기 깨지 말고 입 다물어요."

Chapter 03
원할 때 오는 게 기회다

마음을 다잡은 지 어느덧 이 주일이라는 시간이 흘렀다.

"오늘 나가는 거야?"

"네, 이번 주는 아직 안 나갔으니까요."

매주 월요일, 수요일, 금요일 세 번 무대에 오르고 금, 토요일은 거리에 나가 손님들을 끌어오는 일을 한다.

무대는 몰라도 사람들을 모아 오는 일은 생각한 만큼 힘들지는 않았다.

그저 거리에서 이목을 집중시켜 노래를 부르고 밝게 웃어 주며 동방 나이트로 오라고 이끌어 오면 되니까.

걱정이라고 한다면, 길거리에서 아는 사람을 만나지 않을까 노심초사할 뿐, 그것 외에 달리 어려움은 없었다.

"동현아, 가자!"

카운터에서 한결과 얘기하고 있던 동현을 부르는 다른 동료들. 그들의 부름에 동현은 다녀오겠다는 말을 남긴 후 다른 웨이터에게 달려갔다.

"하여간 노래 부르는 거라고 하면 평소에는 싫단 것도 잘하네."

평소 남에게 얼굴 비치기를 싫어했던 동현. 다른 사람들이 동물원의 원숭이처럼 자신을 구경하는 게 기분 나쁘다며 나서는 것은 별로 좋아하지 않았다.

"물론 돈은 제외하고."

동현의 뒷모습을 바라보는 한결의 얼굴에 희미한 미소가 감돌았다.

*　　*　　*

열한 시를 넘긴 시각. 시계를 힐끗 본 동현은 인파 속에 섞어 들어가 가로등 아래에 자리를 잡고 섰다.

늦은 시간이지만 붐비는 거리. 대개 이 골목에 나와 있는 사람은 나이트나 호스트바에 가기 위해 돌아다니는 사람들이다

내일이 토요일인 이상 골목에 사람은 어느 정도 붐비고

있다.

동현이 가로등 아래에 있자 불빛이 동현의 얼굴에 비춰 왠지 모를 몽환적인 느낌을 자아냈다.

"흠흠."

작은 헛기침을 하는 동현. 그가 움직일 때마다 시선이 동현에게 쏠렸다.

헛기침으로 시선을 모은 동현은 슬쩍 미소 짓더니 무작정 노래를 시작했다.

갑작스럽게 터져 나오는 하나의 멜로디.

몽환적인 분위기와 동화되어 가는 부드럽고 자극적인 멜로디가 길 가는 사람들의 귀를 사로잡고 동현의 외모가 더해져 시선을 모았다.

민감한 청각을 강력하게 자극하는 목소리. 근처에서 들려오는 음악마저 묻힐 정도로 동현의 목소리는 자극적이었다.

"우와!"

"진짜 잘 부른다."

길 가던 사람들은 하나둘씩 핸드폰을 꺼내 들며 동현의 모습을 찍기 시작했다. 평소의 동현 같았으면 찍지 말라고 화냈을지도 모르지만 지금은 그저 노래의 흥을 즐겼다.

두 곡을 연이어 부른 동현. 두 번째 곡은 조금 신나는 곡을 하며 자신의 노래를 듣고 있는 이들에게 나이트클럽의 전단지를 나누어 주었다.

그리고 모든 노래가 끝났을 때 동현은 얼굴에 함박웃음을 머금으며 커다란 목소리로 외쳤다.

"동방 나이트에서 막둥이를 찾아주세요!"

동현의 목소리를 뒤로 그와 함께 홍보를 나왔던 웨이터들이 각자 자신의 이름을 대며 손을 흔들었다.

"저 거기 위치 모르는데요!"

"저도 몰라요!"

동현과 웨이터들의 외침에 몇몇 사람이 나이트클럽의 위치를 물어왔고, 몇 사람은 동방 나이트클럽으로 가고 싶다며 동현에게 말을 걸었다.

처음엔 한둘이었던 사람들이 차츰 몇 십 명으로 훅 불어나자 동현은 당황한 표정을 짓더니 다시금 외쳤다.

"나이트클럽 갈 사람~ 가고 싶은데 길을 모르겠는 사람~ 여기 여기 붙어라~! 모두 절 따라오세요!"

"킥킥, 이 오빠 웃겨. 저 큰 나이트의 위치를 모른다는 건 말이 안 되는 건데."

동현의 능청스러운 스마일 페이스를 보며 제 또래 즈음으로 보이는 여자애가 웃으며 따라붙어 말했다.

동현은 말없이 여자에게 웃어 보이며 그녀를 포함한 몇 십의 사람을 데리고 나이트로 향했다.

나이트클럽의 위치를 모른다는 것은 말이 안 된다. 웨이터들이 나누어준 전단지에는 아주 상세하게 나이트클럽의 지도

가 그려져 있다.

게다가 동방 나이트클럽의 규모는 작은 편이 아니라 멀리서도 보일 정도. 모른다는 것은 뻔한 거짓말이다.

*　　*　　*

나이트클럽에 도착한 동현은 입에 발린 말로 사람들을 구슬려 클럽 안으로 들여보냈다. 처음 길거리에서 나이트클럽에 들어가겠다는 사람의 배가 되는 숫자였다.

"오빠, 오빠도 안에 들어오시는 거죠?"

"에이, 당연하죠! 제가 안에서 일 안 하면 누가 하겠어요. 어서 안에 들어가서 놀고 계세요."

얼굴에서 웃음을 지우지 않으며 말하는 동현. 그런 그의 모습에 평소 동현을 잘 알고 지내던 사람들은 혀를 찼다.

"지들보다 서너 살은 뻔히 어려 보이는 애한테 오빠라니. 넌 늙은 애들한테 오빠 소리 들으니까 좋냐?"

사람을 추슬러 안으로 들여보낸 후 막간을 이용해 담배를 피우던 웨이터가 물었다. 그의 물음에 동현은 올라오는 담배 연기에 일시적으로 기침을 내뱉었다.

"아, 끌까?"

동현의 목이 좋지 않다는 사실을 알고 있는 웨이터는 담배를 들어 올리며 물었다.

그의 물음에 동현은 살짝 아파오는 목을 매만지며 그가 물었던 물음에 답했다.

"아, 괜찮아요. 그런데 늙은 애들한테 오빠 소리 듣는 게 부러우세요?"

"시끄러, 인마. 들어가서 일이나 해."

"노동력 착취."

"내가 하냐, 사장님이 하지! 빨리 가! 속편하게 담배 좀 피게!"

그의 말에 동현은 혀를 날름거리며 클럽 안으로 발걸음을 돌렸다.

실내로 들어가자 동현의 뒤를 따라온 이들은 동현을 아는 척하며 인사를 건넸고, 동현은 적당히 답해주며 카운터로 갔다.

"우와, 손님이 배로 불었다? 능력 있는데, 유동현?"

"제가 좀 능력 있는 남자죠. 저번 주엔 사람이 별로 없을 때 나가서 많이 못 데려 왔지만 오늘은 많이 데려왔어요."

자랑스럽게 말하는 동현. 그의 행동에 한결은 어이없다는 듯 헛웃음을 치며 말했다.

"능력 있는 남자 좋아하시네. 무대 올라갈 준비나 해!"

"예, 예."

동현은 무대에 오를 준비를 하며 간단히 물로 목을 축였다. 노래를 하려면 다른 사람보다 더욱 목을 관리해야만 하는 동현이기에 이는 상당히 중요한 것 중 하나였다.

무대에 오르기까지 앞으로 10분. 동현은 서빙을 하며 시간을 때우다 시간이 되자 한결에게 다녀오겠단 말을 남기고 무대 위로 발걸음을 옮겼다.

동현이 무대 위로 올라가자 거대한 함성 소리가 홀 안을 메웠다.

동현은 오빠, 오빠 하며 자신을 불러오는 여성들을 향해 미소를 한번 날려준 후 왼쪽에 있는 음향실을 향해 살짝 고개를 끄덕였다.

동현의 사인에 시끄럽게 울려 퍼지던 홀 내에 잔잔한 음악이 깔렸다.

그 순간 스테이지에서 춤을 추던 사람들은 잠시 자리로 물러났고, 그 타이밍에 동현이 마이크를 잡고 말했다.

"오늘도 저희 동방 나이트클럽을 찾아주서서 감사합니다! 막둥이 인사 올립니다! 여러분 힘드시죠? 저도 힘들어요. 그러니까 오늘은 조금 천천히 시작할까요?"

멘트를 날린 동현은 차분한 음률에 맞추어 노래를 시작했다.

아까 가로등 밑에서 들었던 것과는 무언가 다른 느낌. 기교도 더해지고 마이크를 통해 전해져 나오는 목소리가 더욱 매력적이다.

민감한 귀를 살며시 자극하는 부드럽고 상냥한, 하지만 어딘가 힘있는 강인한 목소리.

관심 없던 사람마저도 시선이 가게 할 정도로 매력적인 목소리가 모든 사람의 마음을 현혹시켰다.

그렇게 한 곡이 끝나고 홀 내가 차분하게 가라앉았을 때 뒤를 이어 시끄러운 드럼 소리가 홀 전체에 울려 퍼졌다.

"지루한 건 못하겠다! 놀자!"

동현은 크게 소리치며 무대를 정복했다. 무대에 오를 때마다 느끼는 자유로움. 동현은 얼굴에 행복하다는 미소를 박아 넣으며 노래를 이어나갔다.

행복하다.

세상을 다 가진 것만 같은 기분.

하지만 여기서 그만둘 생각은 없다. 앞으로 더 나아가고 싶다.

무대 위가 좋다.

마치 자신이 있을 곳은 무대 위라고 알려주는 것 같은 기분을 느끼며 동현은 곡을 끝마쳤다.

"오늘도 감사합니다!"

동현은 두 손을 흔들며 인사를 하고 무대 아래로 걸어 내려왔다.

카운터로 돌아가는 와중에 사람들이 몰려와 꽤 곤욕을 치렀지만, 동현은 기분이 좋았다.

"너는 항상 월, 수, 금요일이 기분이 가장 좋아 보이는 것
같아."

"형이랑 사장님도 그러는데요?"

"물론. 수입이 짭짤하니까. 솔직히 월요일이나 수요일에
손님 몰리는 게 쉬운 적 있었냐. 기분 째지는 거지. 아마 다른
나이트들은 파리만 날리고 있을걸?"

손가락을 말며 동그란 모양을 만들어내는 한결. 동현은 낮
게 웃으며 말했다.

"돈 좋아하다 일찍 죽어요."

"네가 할 말은 아니라고 생각하지 않냐?"

"전혀요."

"…시끄럽고, 가서 팁이나 받아와! 28번 테이블에서 널 부
른다. 다녀오거라."

눈을 빛내며 윈저 두 병을 쟁반 위에 올리는 그의 행동에
동현은 혀를 차며 말했다.

"언제나 그렇듯이 팁은 전부 제 거니까 눈독들이지 마시
죠?"

"와, 추천해 준 건 난데!?"

"그에 대한 값은 저번에 치른 걸로 기억하고 있거든요!"

언제까지 우려먹을 건지. 가볍게 혀를 차고 발걸음을 옮기
는 동현의 걸음걸이는 평소보다 더욱 가벼웠다.

"주문하신 뎃츠 잇 두 병과 윈저 두 병입니다. 맛있게 드

세요.”

“잠시만요. 저기요, 밖에서 노래하고 무대 위에서 노래한
분 맞죠?”

동현은 항상 여자 손님만 본인을 잡았기에 갑작스럽게 자
신을 불러오는 남자 손님에게 의아함을 갖고 자신을 부른 남
성의 앞에 다가갔다.

40대 후반 정도로 보이는 깔끔한 양복 차림의 남성. 이런
곳에 오기엔 분위기 상으로 어울리지 않는 사람이었다.

“맞습니다만, 무슨 일이신가요?”

웃음을 잃지 않은 채 남성에게 묻자 그는 지갑에서 명함을
꺼내 들더니 동현에게 내밀었다.

KD 엔터테인먼트 실장 연성하.

“KD 엔터테인먼트 연성하 실장입니다. 일주일 전부터 노
래하시는 모습을 계속 지켜봤습니다. 혹시 가수에 관심 있으
신가요?”

“예?”

연성하라 하는 사람에게 명함을 받은 동현은 명함과 연성
하를 번갈아 보며 약간 의심스러운 눈초리로 연성하 실장을
바라보았다.

KD 엔터테인먼트라고 하는 곳은 많이 들어보았지만, 이

사람이 정말 그곳에서 일하는 사람인지 믿을 수 없었기 때문
이다.

"관심이 있으시다면, 이 번호로 연락 주십시오."

동현은 연성하 실장의 말에 말을 더듬으며 알았다고 대답
한 후 1층으로 발걸음을 옮겼다.

가짜든 진짜든 나중에 확인해 보면 되는 것.

일을 하는 내내 연성하라는 사람이 정말 KD에서 일하는
사람인지에 대한 궁금증을 떨칠 수가 없었다.

[일하는 도중에 말 걸어서 미안하네만, 저번에 물어볼 기회
를 놓쳐서 그러는데 가수라는 게 도대체 뭔가?]

'어… 쉽게 설명하면 노래 부르고 춤추는 게 직업인 사람
을 말하는 거죠.'

[흐음, 무희를 말하는 거군.]

동현은 옛날에나 입에 오르내릴 법한 '무희'라는 존재의
이름에 작은 한숨을 내쉬며 고개를 내저었다.

'그나저나 갑자기 가수 할 생각 있냐니……'

동현의 외모는 꽤 잘생긴 편이었다. 제법 큰 키에 젊은 여
성들이 좋아할 만한 얼굴과 비주얼을 갖춘 말랐지만 탄탄한
체형이었다.

때문에 지금까지 모델 해볼 생각 없냐고 길거리에서 명함
을 받아본 적은 몇 번 있다.

하지만 가수가 되어볼 생각 있냐는 말과 함께 명함을 건네

받은 것은 처음이기에 동현은 어안이 벙벙했다.

게다가 이름 없는 회사에서 명함을 주며 생각없냐고 물어본다면 사기일지도 모른다는 생각이 먼저 들겠지만 명함을 준 것은 KD 엔터테인먼트의 실장이란 사람이다.

어찌 보면 그 사람이 회사를 사칭하는 것일 수도 있다. 동현은 집에 돌아가면 일단 그런 사람이 정말 있는지부터 확인해 봐야겠다고 생각했다.

'기회는… 왔을 때 잡는 것.'

며칠 전 한결이 해준 얘기를 떠올린 동현은 명함을 로커에 넣어놓고 다시 홀로 되돌아갔다.

*　　*　　*

일이 끝난 동현은 뛰듯이 집으로 돌아와 바로 노트북을 켰다.

노트북을 만짐과 동시에 유그아닌이 해부해 보면 안 되냐는 말도 안 되는 소리를 늘어놓긴 했지만 그런 것은 중요치 않았다.

KD 엔터테인먼트 공식 홈페이지에 들어간 동현은 즉시 연성하라고 하는 사람이 정말 KD의 실장인지를 확인했다.

KD 같은 경우 유명 기획사이다 보니 사기꾼들이 사칭하는 경우가 많아 사내에서 꽤 높은 직위를 맡고 있는 사람들의 얼굴이나 이름을 홈페이지에 명시해 놨다.

"연성하……. 있다."

게시되어 있는 사진과 명함을 준 사람의 얼굴이 같았다. 사기가 아니었다. 정말 KD에서 캐스팅을 제안해 온 것이다.

동현은 기쁜 마음을 감추며 연성하 실장에게 연락하기 전 KD에 대해 더 알아보기 위해 홈페이지를 뒤져보았다.

KD 엔터테인먼트가 연예인 소속사 중 유명한 곳이기에 널리 이름이 알려져 있긴 하지만, 동현은 자세하게 알지 못했다.

만일 그곳에 가서 이 소속사에 대해 어떻게 생각하느냐고 물어보면 얄팍한 지식밖에 없는 상태에선 막막함 그 자체이기 때문이다.

동현은 일단 엔터테인먼트 자체 사이트를 둘러본 후 여러 포털 사이트에 들어가 KD에 관한 정보를 보았다.

KD 엔터테인먼트.

Korea Dream의 약자.

지금까지 데뷔시킨 가수는 총 세 그룹.

솔로 가수는 두 명 정도.

생겨난 지 십 년도 채 되지 않은 회사이지만, 다른 곳보다 수준이 월등히 높았고, 연습생마저 많이 뽑지 않는단다.

연습생 기간은 대체로 1~2년.

다른 곳에 비해 그렇게 긴 편은 아니었지만 그 기간이 무색

할 정도로 이곳에서 배출해 내는 연예인들은 높은 실력을 갖고 있다고 한다.

KD에서 연습생을 뽑는 방식은 거의가 캐스팅.

장소에 조금 문제가 있긴 했지만 동현도 그들과 같이 캐스팅이 된 것이다.

"아직 여덟 시인가……."

너무 이른 아침에 전화하는 것은 예의가 아니리라.

동현은 한두 시간쯤 시간을 때우기 위해 가방에서 참고서를 꺼내 들었다.

전에 교통사고가 났을 때 가방 안에 들어 있던 참고서라 혈흔이 배어 있긴 하지만 글씨를 못 알아볼 정도는 아닌지라 새로 사지 않고 그대로 보고 있었다.

[뭐하나?]

"시간 때우기 공부요."

유그아닌의 물음에 가볍게 대답해 준 동현은 안경을 쓰고 참고서로 눈을 돌렸다.

"음?"

참고서에 새겨진 글씨를 보던 동현은 슬쩍 인상을 쓰다가 안경을 벗었다.

[왜 그런가?]

"아니, 눈이……."

[눈이 아픈가?]

“아니요. 아픈 건 아니에요. 갑자기 잘 보여서……..”

동현은 뭔가 이상하다며 연신 눈을 비비며 다시금 책을 바라보고 고개를 갸웃거렸다.

동현은 눈이 좋은 편이 아니었다. 평상시 먼 곳을 보는 것은 괜찮았지만 가까운 것을 볼 때 안경을 끼지 않으면 잘 보이지 않았다.

즉, 원시였다.

동현은 평상시에도 안경을 끼고 공부를 했다. 하지만 오늘은 뭔가 이상하게도 안경을 쓴 채 공부하려고 하니 어지러워 견딜 수가 없는 것이다.

그제야 문득 나이트클럽 일을 하면서 꽤 긴 시간 노래를 불렀는데 생각 이상으로 목의 상태가 괜찮다는 사실을 떠올린 동현이었다.

그때 유그아닌이 가벼운 헛기침을 하곤 동현의 관심을 끌었다.

[아아, 아마 마나라는 것 때문일 걸세. 즉, 나 때문이란 게지.]

자랑스럽게 말하는 유그아닌의 말에 동현은 고개를 돌려 누워 있는 그를 바라보았다.

“무슨 말이에요?”

[내가 마법사라는 것은 알고 있겠지?]

“그야 유그아닌이 마법사라고 입에 달고 살았으니까 알죠.”

[사람들은 몸에 마나라는 것을 지니고 있지. 뭐, 모든 사람은 대부분 자연의 힘이라고 해서 몸에 마나를 품고 있고, 마법사들은 그 힘이 아주 큰 것임을 알고 있지?]

"네, 그건 전에 설명해 주셨잖아요. 이해가 안 되는 것뿐이지. 그게 그래서 어쨌다는 건데요?"

[말하지 않았나, 계약을 하면 생각을 더불어 모든 것을 공유한다고. 그렇기에 내 몸에 있는 다량의 마나가 자네에게 흘러들어 간 것이지. 별 걱정할 필요는 없네. 그저 좋지 않았던 신체의 기능이 활성화되어 일반 인간의 경지보다 더 잘 보이는 것뿐이니 말일세. 자네는 그냥 마나가 잘 다닐 수 있도록 마나 로드를 뚫어주고 이따금 마나 운용만 해주면 돼.]

"그니까 그 마나라는 것의 정확한 의의와 마나 로드, 운용 그런 건 뭐예요?"

[그러니까 마나라는 것은 말일세…….]

"아, 아니에요 그냥 설명하지 마세요!"

[음? 왜 그런가?]

"알고 싶지 않아요."

[먼저 알고 싶다고 물어본 사람은 자네 아닌가?]

"상식적으로 이루어질 수 없는 일을 듣고 싶진 않거든요."

[허허허, 그렇게 따지자면 자동차라는 것과 그 노트북이라는 것도 내 상식적으로 이루어질 수 없다네.]

유그아닌의 말에 동현은 헛웃음을 치며 안경을 벗어 곽에 집어넣었다. 동현의 행동을 보니 마나 운용법 같은 것을 배울 생각은 전혀 없어 보였다.

[아마 이제 다른 신체능력도 좋아질지도 모르네.]

"예? 왜요?"

[왜 그러나? 자네에게 해로울 것은 없네. 오히려 이로운 것뿐이지. 그렇다고 심각할 정도로 좋아지진 않을 걸세. 마나 운용을 하고 자유자재로 움직일 수 있다면 일시적으로 인간의 범위를 넘어갈 만큼 좋아지겠지만 말일세.]

"절대로 거절할게요."

동현에게 해로울 것은 당연히 없었다. 신체능력이 좋아진다면 오히려 동현에게 좋기만 했다.

매일 힘든 생활을 하고 있고 제대로 쉬지 못해 신체의 밸런스마저 망가져 있는 상태이니까.

아무리 그렇다고 해도 배울 생각까진 없었다.

이계에서 왔다는 마법사와 계약이란 것을 한 것만으로 충분히 정신적인 충격이 큰데 거기에다가 이상한 능력까지 쓴다면…….

"내 멘탈이 절대 얌전히 있지 못할 거야."

[멘탈이 왜? 정신적으로 어디 안 좋은 곳이라도 있나?]

"원인은 유그아닌이라는 것을 잊지 말아주셨으면 하네요. 그리고 한 시간 정도 후에 알려주세요. 저 긴 바늘이 한 바퀴 돌면 한 시간이 지난 거예요."

동현은 한숨을 내쉬다가 유그아닌에게 시간에 대할 설명을 짧막하게 한 후 다시금 공부에 전념했다.

안경을 쓰던 것이 있어 버릇처럼 간혹 코 근처를 손으로 만지작거렸지만 그 버릇도 시간이 지나자 차츰 사라졌다.

[한 시간 지났네만, 지금이 맞는지 모르겠군.]

동현이 공부하는 내내 긴 바늘이 한 바퀴 돌 때까지 시계만을 바라보고 있던 유그아닌이 입을 열었다.

유그아닌의 말에 동현은 핸드폰 홀드 키를 눌러 시간을 확인했다.

정확히 한 시간이 지난 9시 12분.

"엄청난 집중력이라고 해야 할지, 아니면 쓸데없다고 해야 할지……. 여간 감사해요."

[그나저나 집중하는 시간이 고작 한 시간이라니. 뭔가 연구하기는 글러먹었군.]

"제가 한 시간 후에 알려달라고 한 것뿐이잖아요. 그리고 갑자기 무슨 연구예요?"

[마법 연구 말일세, 마법 연구.]

"이쪽에는 마법 같은 건 존재하지 않으니까 연구는 안 해도 되요."

유그아닌의 말에 동현은 하품을 하며 몸을 풀었다. 팔을 머리 위로 들어 올렸을 때 철컹 하는 소리와 함께 팔에 걸린 족쇄가 움직였다.

예전과 같은 모습을 하고 있지만 왠지 모르게 희미했던 색이 조금은 선명해진 것 같은 느낌이 들었다.

"이거 색깔 선명해진 것 같지 않아요?"

[시간이 지날수록 더욱 또렷해질 걸세. 뭐, 타인은 신경도 안 쓸 테지만 말일세.]

동현은 유그아닌의 말에 그러냐고 고개를 끄덕이며 피곤하다는 듯 아무것도 깔지 않은 바닥에 그대로 드러누웠다.

"슬슬 전화해 볼까……."

9시가 넘었으니 이미 출근했을 것이다.

정확히 9시에 전화하는 것도 아니고 이미 조금 넘어 있는 상태이니 크나큰 실례는 아니겠지.

"후우……."

동현은 떨리는 손으로 명함에 나와 있는 번호를 입력한 후 통화 버튼을 눌렀다.

짧지만 긴 신호음이 가고 이내 새벽에 들었던 익숙한 사람의 목소리가 들려왔다.

─네, KD 엔터테인먼트 연성하 실장입니다.

"새벽에 나이트클럽에서 명함을 받았던 유동현입니다. 가수 쪽에 관심이 있어서 연락을 드렸어요."

─아! 그분, 기억납니다. 혹시 지금 시간 되십니까?

"네."

─그럼 바로 KD 엔터테인먼트로 앞으로 와줄 수 있으신가

요? 이야기를 좀 나누고 싶은데.

"네, 갈 수 있어요."

동현의 대답에 연성하 실장은 KD가 어디에 있는지 대략적인 위치 설명을 해주었다.

나머지는 만나서 하자는 연성하 실장의 말에 동현은 전화를 끊고 옷을 갈아입은 후 자취방을 나섰다.

KD 엔터테인먼트는 동현의 자취방에서 버스를 타고 30분 정도 걸렸다.

입구 앞으로 가니 새벽에 보았던 연성하 실장이 동현을 기다리고 있었다.

"안녕하세요."

서로 인사를 나눈 후 연성하는 동현을 근처 카페로 안내했다. 사내에서 이야기하면 딱딱함을 줄 수 있으니 밖에서 얘기하자는 것이었다.

"성함이 유동현 씨라고 했죠?"

"아, 예."

"사실 유동현 씨를 본 것은 제가 아니라 저희 소속사 트레이너입니다. 무대에서 노래하시는 모습을 보고 동영상을 찍어 왔더라고요."

연성하 실장은 자기네 트레이너가 동현의 무대 영상을 찍어왔고, 그것을 여러 사람들과 보며 캐스팅을 상의했다고 한다.

그러다가 동영상이 아닌 눈으로 직접 보자는 심정에 연성하 실장은 물론 다른 이들도 함께 나이트클럽에 왔다고 한다.

그렇게 동현의 무대를 서너 번가량 보고 이 사람은 그저 가수가 아니라 대한민국에서 제일가는 가수가 될 수 있을 것 같다는 생각에 연성하 실장이 다시금 동방 나이트클럽을 방문했다고 한다.

"일단 저희 회사에서는 대체로 캐스팅 위주로 연습생을 뽑습니다. 공개 오디션은 일 년에 한 번 정도 있고요."

연성하 실장은 KD에서는 어떻게 가수를 양성해 내고, 어느 가수를 배출했고, 데뷔 후 어떤 식으로 가수를 보호해 주는지에 대해 차근차근 설명해 주었다.

"연습생 기간은 얼마나 되나요?"

동현의 질문에 연성하 실장은 그 질문을 기다렸다는 듯이 답했다.

"사실 이사님께서 유동현 씨에 대해 언급하신 게 있는데, 유동현 씨를 다른 연습생과는 조금 다른 방법으로 트레이닝을 하자고 하시더군요."

"예?"

"설명을 들으시기 전에 일단 저희 회사와 계약 의사는 어떠신지 궁금합니다만……."

연성하 실장의 말에 동현은 긍정의 답을 내뱉었다. 트레이

닝 비용이야 다른 회사와 비슷하게 연습생 때는 무료로 해주
고 데뷔 후 갚는 것이니 큰 무리는 없다.

게다가 다른 소속사보다 네임밸류도 높아 데뷔한 후에 언
론에 보도되는 양도 많다.

동현의 대답에 연성하 실장은 기다렸다는 듯 동현에게 한
장의 서류를 내밀었다.

연성하가 내미는 서류에 동현은 이게 뭐냐는 듯 의아한 표
정으로 그를 바라보았다.

"결과적으로 말씀드리자면 일단 유동현 씨는 KD 소속의
가수가 되실 겁니다."

"일단?"

동현은 '일단'이라고 말하는 연성하 실장의 말에 의아함
을 느끼며 되물었다.

"자세한 세부 설명을 드리기 전에, 일단 이것을 읽어보시
고 서명 부탁드립니다."

동현이 연성하 실장을 바라보자 그는 동현에게 내민 한 장
의 종이를 손가락으로 가리켰다.

"이게 뭔가요?"

"일종의 가계약서입니다."

"이런 걸 할 필요가 있습니까?"

동현의 물음에 연성하 실장은 당연하다며 고개를 끄덕였다.

"일단 저희 소속사에 들어오실 것은 확실하잖습니까?"

　동현이 그렇다고 대답하자 연성하 실장은 그럼 종이에 사인을 하면 된다고 말했다.

　동현은 연성하 실장의 말에 조금 의아함을 느끼며 가계약서를 집어 들었다.

　"별것 아닙니다. 연습생 시절 다른 회사에서 러브콜이 왔을 때 승낙하지 않겠다는 내용이나 다름없으니까요."

　연성하의 말에 동현은 고개를 끄덕이며 맨 위부터 아래까지 꼼꼼하게 읽어 내려갔다.

　평소 같았으면 안경이라도 껴야겠지만, 갑작스레 좋아진 눈 덕에 아무렇지도 않게 읽어 내려갈 수 있었다.

　내용은 대충 가계약 후 일어나는 소속사와 개인 간의 일은 아무에게도 발설하지 말 것과 나중에 계약을 파기하지 않을 것을 약조하라는 내용이었다.

　정말 그의 말대로 별것 아닌 내용이었다. 가계약서를 작성하지 않아도 어차피 지킬 내용이기에 동현은 가계약서에 사인을 했다.

　동현이 사인을 끝내자 연성하는 고개를 슬쩍 끄덕이며 입을 열었다.

　"좋습니다. 그럼 잠시 한 사람을 더 불러와도 되겠습니까?"

　"예?"

　"유동현 씨와 페어를 이룰 사람입니다."

잠시 실례하겠다며 카페를 나선 연성하는 몇 분 지나지 않아 한 남자아이를 데리고 들어왔다.

나이는 동현과 비슷할까.

염색을 한 것인지 붉은빛이 도는 레드와인의 머리칼과 뚜렷한 이목구비, 그리고 훤칠한 키가 적절히 조화를 이루어 누구든 한 번쯤 돌아보게 만드는 외모를 가졌다.

"현재 KD 엔터테인먼트의 연습생인 분입니다. 들어온 지 얼마 안 되었지만, 실력은 좋은 분입니다."

"스물네 살 이우형이라고 합니다."

"아, 예. 스물네 살 유동현입니다."

입가에 미소를 그리며 인사하는 이우형의 말에 동현은 급히 자신의 나이와 이름을 말했다.

자신과 동갑인 것을 알았기 때문일까, 이우형은 갑자기 표정이 밝아지더니 동현의 손을 잡으며 말했다.

"동갑이네! 이야, 우리 말 편하게 하자! 유동현이라고 했지?"

동현은 갑작스럽게 친근한 듯 말을 놓아오는 상대의 행동에 당황했지만 평소 나이트클럽에서 일하는 것처럼 웃어 보이며 손을 슬쩍 빼냈다.

"같은 소속사이니 잘해 보자!"

"아, 어……."

어깨동무를 하며 친근한 듯 말을 내뱉는 그의 행동에 동현은 어색한 미소를 띠며 긍정의 대답을 뱉어냈다.

[얼굴색이 안 좋네만, 무슨 일이라도 있는 겐가? 아니면 이 청년에게 안 좋은 기운이라도 느껴지는가? 난 아무렇지도 않은데.]

'그런 거 아네요. 그냥, 처음 보는 애가 갑자기 친한 척해서 짜증나는 것뿐이에요.'

불쾌하다는 듯 어깨에 얹은 손을 살며시 쳐내는 동현. 그의 행동에 이우형은 아무렇지 않다는 듯 여전히 웃는 상으로 동현을 바라보았다.

이우형이란 사람이 믿을 수 있는 사람인가, 믿을 수 없는 사람인가 아직 판가름 나지 않았다.

하지만 대충 외적인 인상으로 봐서는 자신에게 이익이 되지 않을 거짓말을 하는 아이는 아닌 것 같았다.

친하게 지낼지, 아니면 거리를 두고 지낼지는 조금 더 지켜봐야 알 것 같다.

"자, 그럼 이제 상세한 설명을 드리겠습니다. 일단, 저희 소속사의 연습생이신 이우형 씨와 오늘부로 저희 가족이 된 것이나 다름없는 유동현 씨는 다른 연습생들과는 다른 트레이닝 방식으로 요즘 한창 흥행하고 있는 Dream Star에 출연하셔야 합니다."

갑작스러운 연성하 실장의 말에 우형은 아무렇지 않은 듯 휘파람을 불었지만 동현은 당혹감을 숨길 수 없었다.

"그게 무슨 말씀이세요?"

"아시다시피 동현 씨는 가수가 되기에 걸리는 면이 꽤 있습니다. 물론 우형 씨도 마찬가지지요. 예비 방편이나 마찬가지입니다. Dream Star에서는 전 직업이 뭐였든지 간에 깊게 신경을 쓰지 않으니까요."

Dream Star 오디션.

1년에 단 한 번 이루어지는 오디션 프로그램으로, TV로 방영되는 순간 최고 시청률 31%를 기록한 프로그램.

1, 2차 같은 경우는 작은 중소도시에서 이루어지며, 3차부터는 서울에서 치러진다. 즉, 3차부터 본선이라는 말이다.

이 프로그램에서 우승을 차지한 한 팀은 당연히 가수로 데뷔하게 된다.

참가자의 직업을 따지지 않는 것은 당연하고 나이, 성별, 국적 불문하고 모두 다 받아주는 전국적인 국민 오디션.

어디까지나 추측이지만 Dream Star 오디션에 내보내는 것은 자신이 캐스팅당한 장소가 나이트클럽이라는 깨끗하지 못한 장소이기 때문일지도 모른다는 생각이 들었다.

외견적으론 그저 술 마시고 춤추는 이들의 놀이 공간이지만, 내면적으론 성적인 문제가 빈번한 곳이니까.

"캐스팅 장소가 문제돼서 그러십니까?"

"사실 굳이 따지자면 그렇죠. 당장 일을 그만두고 연습생으로 들어간다고 하시더라도, 그전까지의 여자관계 같은 것은 사라지는 게 아니니까 말이죠."

　연성하 실장은 동현의 얼굴을 보고 그에게 여자가 있다고 생각했는지 유독 여자관계를 잘 정리해 달라고 하였다.

　지금 이 상황에서 여자가 있니 없니 말해 봐야 나이트에서 일하는 사람의 말이 먹혀들 리 없음으로 동현은 그저 알았다고만 대답했다.

　"이 말은 동현 씨만이 아닌 우형 씨에게도 적용되는 걸 알아주세요."

　"네."

　우형은 두 번 말하지 않아도 알아듣는다는 듯 아까 연성하 실장이 시킨 파르페에 나온 체리를 입에 물고는 말했다.

　연성하 실장의 말에 따르면 우형 역시 동현처럼 여자를 빼놓을 수 없는 일을 하고 있었던 것 같다.

　"아시다시피 요새 모든 오디션 프로그램의 1차 오디션은 SMS로 치러집니다. 2차는 지역 오디션으로 치러지고요. 이 정도는 합격하실 수 있겠죠?"

　연성하 실장의 물음에 동현과 이우형 둘 다 슬쩍 고개를 끄덕였다.

　연성하 실장의 말로는 이번에 우형과 동현 둘 다 Dream Star에 출연해 존재감을 비춰내라고 했다.

　"오디션 도중에 떨어져도 크게 신경 쓰지 않습니다. 심사위원들의 말은 저희 소속사는 물론하고 다른 소속사 담당자도 꽤 많이 까고 있으니까요. 그저 인지도를 쌓아놓으라는 의미입니다."

인지도를 쌓음과 동시에 KD와는 아무런 관련이 없는 것처럼 행동해야 한다.

그렇게 해서 이익이 아닌 실력만을 보는 스폰서들의 시선을 사로잡으라고 했다.

"헤에, 요즘도 실력을 보는 스폰서가 있어요?"

"소수이지만 있긴 있습니다. 게다가 두 분은 페이스도 연예인과 별반 다를 바 없으니 여러 군데에서 탐내겠죠."

연성하는 눈을 반짝이며 두 사람의 얼굴을 훑으며 말했다.

살짝 기분 나빠지는 시선이기는 했으나 다시금 이어지는 그의 말에 동현은 귀를 열고 경청했다.

"본론으로 돌아가자면, 이사님께서는 두 분이 우승까지 가는 것을 원하십니다. 실력을 쌓는다 생각하시고 나가서도 좋습니다만, 이왕 하는 것이라면 두 분이 한 조가 되어서 마지막에 남는 두 팀 중 하나가 되시는 것도 좋죠."

아까는 떨어져도 상관없다고 말했으면서 이제는 최후의 한 팀이 되는 것도 나쁘지 않단다.

'그냥 일등 하라고 대놓고 말하든지…….'

우승과 인지도, 그리고 스폰서를 강조하는 연성하. 그의 말에 동현과 이우형은 고개를 끄덕이며 조용히 그의 말을 경청했다.

"1차 오디션은 이번 주까지 이루어지니 가급적이면 오늘 봐주셨으면 하네요. Dream Star는 처리 속도가 빠르니 내일 중으로 결과 발표가 날 겁니다. 그리고 참고적으로 한 가지만 더 말씀드리자면 Dream Star의 결과 발표가 나기 전까지 저희 쪽에서 먼저 연락이 없다면 가급적 본사로 찾아오지 않아 주셨으면 합니다."

연성하 실장의 말에 우형과 동현 둘 다 의문을 갖자 그는 작은 한숨을 내쉬며 말했다.

"말씀드렸다시피 Dream Star는 대중적인 프로그램입니다. 다른 방송보다 더더욱요. 그렇기에 참가자가 연예인 소속사에 드나든다는 것은 의심할 여지가 다분하죠."

연성하 실장의 말에 동현과 우형은 알아들었다는 듯 알았다고 대답했다.

연성하 실장은 둘의 대답이 마음에 들었다는 듯 입가에 미소를 지으며 말했다.

"저는 일이 있어서 그만 올라가 보도록 하겠습니다. 유동현 씨, 궁금한 것은 이우형 씨가 대부분 다 알고 있으니 궁금한 건 서로 알려드리도록 해주세요. 그럼 이만."

어느새 냉기가 떨어질 만큼 사무적인 말투에서 다시 평상시의 부드러운 말투로 돌아온 연성하 실장은 동현과 우형에게 인사를 건넨 후 카페를 빠져나갔다.

"공과 사의 구분이 뚜렷하신 분이네. 그치?"

우형의 물음에 동현은 그의 얼굴을 빤히 바라보다가 가볍게 고개를 끄덕이는 것으로 대답을 대신했다.

[흠흠, 저 청년이 자네와 얘기를 하고 싶은 것 같은데 굳이 대화를 회피하는 이유는 뭔가?]

'초면에 저런 식으로 친근하게 다가오는 사람은 왠지 모르게 거리감이 느껴져서요.'

[그래도 저 청년은 친해지고 싶어 하는 것 같은데, 조금 어울려 주게나. 하는 말을 들어보면 서로 같은 오 뭔가 하는 곳에 나간다고 하면서 어색한 상태로 계속 있을 생각인가?]

유그아닌의 말에 동현은 들릴 듯 말 듯 작은 한숨을 내쉬며 입을 열었다.

"오디션 프로그램, 참가해 본 적 있어?"

"어릴 때 장난으로 1차 오디션 본 적은 있어. 뭐, 2차는 못 갔지만."

"Dream Star에 대해 뭐 좀 아는 거 있어? 난 아무것도 몰라서 말이지."

동현의 물음에 우형은 턱을 긁적이며 말했다.

"음……. 일단 Dream Star는 무조건 페어야."

이우형의 말에 의하면 Dream Star는 소수의 그룹을 양성하는 목표로 시작된 오디션 프로그램이라고 한다.

페어가 아닌 솔로로 데뷔하고 싶다면 Dream Star보다 다른 오디션 프로그램에 나가는 것이 이득.

　1등을 하는 팀은 3차 때 팀이 되는 두 명으로 되지만 사실상 데뷔를 하는 것은 4차나 그룹 배틀 때 짜인 팀이 더 많다고 한다.

　"그럼 1, 2차는 솔로고 3차는 페어?"

　"응. 정확히는 3차 때부터 방송에 출연하게 되고 그땐 2인 1팀이야. 3차부터가 본선이니까. 4차부턴 6인 페어고 생방 땐 네 명 정도가 한 팀이 돼."

　"몇 차가 끝인데?"

　"차 수로 따지는 건 4차가 끝인데 그다음에 생방송으로 몇 번 더 무대에 서겠지."

　우형의 말에 동현은 고개를 끄덕였다.

　복잡하기만 더럽게 복잡하다.

　"복잡하기도 하네."

　투덜거리듯 말하는 동현의 말에 우형은 키득거리며 웃었다.

　"안 복잡한 게 어디 있겠어."

　그의 말에 동감한다는 듯 동현은 고개를 끄덕이며 다른 곳을 보고 있던 시선을 돌려 우형을 바라보다가 놀라 눈을 동그랗게 떴다.

　'저게 무슨!'

　[무슨 일 있나?]

　갑작스럽게 눈에 들어온 것은 자신의 맞은편에 앉아 있는 이우형의 얼굴과 피부 결.

피부 현미경으로 근접 촬영을 하지 않는 이상 볼 수 없을 정도의 선명함이 동현의 시야 안으로 또렷하게 들어오기 시작했다.

[허어, 조절하고 있는 줄 알았더니 아니었나 보군. 일단 대충 임시방편으로 한곳을 집중적으로 보지 말게나. 그러면 될 걸세.]

유그아닌의 말에 동현은 짜증난다는 듯 미간을 찌푸리며 손에 얼굴을 묻었다.

시선을 흩뜨려 다른 곳을 보는 것보다 눈을 감아버리는 것이 제일 좋은 방법일 것이다.

'원래 이 정도로 심각해져요?'

[아아, 일반적으로는 이 정도까지는 아니네. 하지만 자네의 체질이 아무래도 내가 예상한 것 이상으로 마나에 예민한 듯 싶네: 아무래도 마나를 다루는 법을……]

'배울 생각 없습니다!'

[에잉, 왜 그러는 겐가? 배우면 저번처럼 먼 거리의 소리도 바로 옆에서 듣는 것처럼 들을 수 있고 머리도 좋아질 텐데 말일세.]

머리도 좋아진다는 유그아닌의 말에 순간적으로 솔깃한 동현. 하지만 이내 자기가 한 말을 깨닫고는 고개를 내저었다.

“왜 그래? 무슨 일 있어?”

저 혼자 시시각각으로 달라지는 동현의 표정에 의아함을 느낀 우형이 물었다.

동현은 당황한 표정으로 아무것도 아니라 대답하고 이만 가보겠다며 자리에서 일어났다.

“아! 번호는 주고 가야지. 그래야 나중에 편곡할 사람 찾으면 연락을 줄 거 아니야.”

“편곡할 사람? 갑자기 웬…….”

“에휴, 3차 때 2인 페어일 거 아니야. 그때 쓸 곡.”

“우리 둘이 같은 팀 된다는 보장이 있나?”

“회사에서 그런 것도 못할까.”

우형은 익살스러운 표정을 지어 보이며 답했다.

그의 대답에 동현은 헛웃음을 치며 물었다.

“뒷공작?”

“그 정도는 회사에서 해줘야 하는 거야. 나중에 같은 팀으로 데뷔할 텐데, 그 정도 인연은 회사에서 만들어 줘야지.”

우형의 말에 동현은 어깨를 으쓱이며 우형에게 자신의 휴대전화를 내밀었다.

“남자한테 번호 주는 건 내 취미 아닌데.”

은근슬쩍 농담을 내뱉는 동현.

한결이 본다면 ‘유동현이 처음 만나는 사람한테 농담을 했다!’라고 호들갑을 떨었겠지만, 요새 들어 사람들과 많이 부대끼고 있는 동현으로선 자신도 모르게 나온 반응이었다.

"나도 남자 번호가 내 휴대폰에 저장된다는 게 너무 슬프니까 그런 식으로 말하지 않아줘도 돼. 하여튼 1차 합격하면 문자해, 친구!"

"언제 봤다고 친구래."

동현은 툴툴대며 카페를 나가 황급히 뛰어가는 우형의 뒷모습을 멍하니 바라보았다.

자신과는 전혀 다른 성격의 아이.

처음엔 약간 불쾌감이 들었지만 시간이 지날수록 이상하게 느껴지는 친근감에 동현은 자신도 모르게 그에게 마음을 열었다.

[마음에 든 것 같군.]

'어디가요?'

[뭐, 설명해 줘도 극구 부인할 것 같으니 입 아프게 설명하고 싶지 않구먼.]

유그아닌의 말에 동현은 대답없이 미간을 찌푸렸다가 자리에서 일어났다.

우형과 헤어진 동현은 카페에서 나와 어디로 갈지 곰곰이 생각하며 발걸음이 가는 대로 움직였다.

[또 공부하러 도서관인가 하는 그곳을 가는 겐가?]

가방을 가지고 오지는 않았지만 어차피 몇 분 걸리지 않으니 들렀다가 가면 된다. 하지만 오늘은 그다지 가고 싶단 생각이 들지 않는다.

'갈까 말까 생각 중이에요. 오늘따라 가고 싶지가 않아서
요.'

머리를 긁적이며 말하자 공중을 떠다니던 유그아닌이 동
현의 앞을 막아서며 말했다.

[아, 지루하면 나랑 내기하는 건 어떤가?]

'내기?'

[자네 나랑 만나고 얼마 안 됐을 때 말하지 않았나. 늙어서
체력도 없어 보이는데 잘 싸돌아다닌다고 말일세.]

'그렇게까지 극단적으로 말한 적 없거든요.'

한쪽 눈썹을 치켜 올리며 말하자 유그아닌은 사사로운 것
은 넘어가자며 손을 내저었다.

[여하간! 이 몸과 달리기 시합을 하는 건 어떤가?]

'상품은요?'

[상대방이 원하는 것 들어주기!]

'…마나인가 뭔가 하는 거 배우라고 하려고요?'

[허허허! 드디어 자네도 내 생각을 자연스럽게 읽을 수 있
는 겐가?]

'설마요. 시도도 안 해봤는데. 그저 유그아닌의 패턴이 거
기서 거기라 그럴 것 같다고 생각한 것뿐인데요.'

[흠흠. 잡소리는 그만 하도록 하지. 그래서 할 건가, 말 건
가?]

유그아닌의 말에 동현은 턱을 긁적였다.

나쁜 제안은 아니다.

유그아닌은 외견상 좋게 봐주면 팔십가량 되어 보이는 노인이다. 최근 들어 처음 만났을 때보다 얼굴이 좋아져 70대 초반으로 보이긴 하지만 노인은 노인.

한창 창창한 20대의 청년을 이길 리 만무했다.

'좋습니다, 하죠. 대신 무르기 없어요.'

[허허, 내가 그리 뻔뻔한 짓을 할 것 같나? 여하튼 목적지는 저쪽에 보이는 산 정상. 늦게 도착하거나 가는 도중 포기하는 사람이 지는 걸세.]

'예, 예.'

동현의 대답에 유그아닌은 웃음기 섞인 목소리로 코너를 돌면 바로 달리기 시작한다고 말하며 두 다리를 땅에 디뎠다.

그리고 코너를 돌았을 때, 동현과 유그아닌은 빠르게 발을 놀려 눈앞에 보이는 산으로 달려나갔다.

선선한 바람이 얼굴을 스치고 지나간다.

발 빠르게 달려본 것이 꽤 오래전의 일이라 그런지 머리카락 사이를 흩날리고 가는 바람이 기분 좋게 느껴졌다.

하지만 그것도 아주 잠시.

어느 정도 뛰다가 멈출 거라는 동현의 생각과는 달리 유그아닌은 동현의 몇 배는 더 빠르게, 더 가볍게 달리고 있었다.

"저건 무슨, 허억, 사기!"

동현의 얼굴에 물방울이 흘러내렸다

숨이 조금씩 거칠어지기 시작했다. 빠르게 움직이던 다리도 어느덧 느려지기 시작했다.

하지만 동현은 질 생각 따윈 없다는 듯 눈을 부릅뜨고는 젖먹던 힘까지 짜내 유그아닌의 뒤를 따랐다.

[호오, 포기할 줄 알았더니 의외로 끈기가 강하군!]

순수하게 감탄하는 유그아닌. 하지만 유그아닌을 따라잡는 데 정신이 팔려 그가 하는 말을 듣지 못했다.

그렇게 정처없이 달리던 동현은 산의 중턱에 도달했을 때 그 자리에 주저앉아 가쁜 숨을 몰아쉬며 소리쳤다.

"못해! 더 이상 못해요! 아니, 안 해!"

손을 휘휘 저으며 말하는 동현. 그가 내지른 소리에 앞서가던 유그아닌은 안면 가득 미소를 싣고 동현의 앞으로 다가왔다.

[그럼 내 승리로구먼!]

자랑스럽게 말하며 제 가슴을 주먹으로 두드리는 유그아닌의 행동에 동현은 질렸다는 표정을 지으며 고개를 내저었다.

"아니, 무슨 할아버지가 되어가지고 달리기가 그렇게 빨라요?"

순간적으로 육성으로 말했다는 것을 눈치챈 동현은 급히 주위를 살폈다. 다행히 등산로로 올라오지 않아 사람은 없었다.

[허허, 하루도 거르지 않고 체력 단련을 해서일세!]

"…그게 아니라 영혼인가만 있어서 그런 거 아니에요?"

동현의 날카로운 지적에 유그아닌은 슬그머니 그의 시선을 피하며 껄껄껄 웃어댔다.

[과정이 어찌 되었든 내가 이긴 게 아닌가? 자, 그럼 자네는 약속대로 마나를 배워줘야겠네.]

"…전 공부를 해야 하는데요."

[어허! 사내대장부가 입 밖으로 말을 꺼냈으면 약속을 지킬 줄 알아야지! 그리고 학문은 말일세, 사실 배우는 거야 많지 실제 활용해 먹는 건 얼마 없지 않은가?]

"대학에서 배우는 건 활용하는 건데요. 궁금한 게 있는데, 왜 저한테 그렇게 마나라는 걸 배우게 하려는 거예요?"

[뭐, 어차피 얘기해야 하는 것, 지금 말해주겠네. 간단하게 설명해 주길 바라나?]

"자세하게 들어야 할 것 같은 기분이 드는데요."

[흐음, 알았네. 사람이나 식물 등 살아 있는 모든 생명체에는 마나라는 것이 존재하네. 하지만 그 생명체들이 품을 수 있는 마나의 양은 한정되어 있지. 그런데 갑자기 외부에서 마나가 들어오게 되면 자연적으로 품게 되는 마나가 많아지지 않겠나? 그렇게 되면 내부는 부풀어 오르게 되고 응급처치를 해주지 않으면 그대로 펑! 터져서 죽게 된다네.]

"…예?"

믿을 수 없다는 듯 헛웃음을 치며 묻는 동현.

거짓말하지 말라고 반박하고 싶지만 지금까지 동현이 보아온 유그아닌은 거짓말을 하지 않았다. 했다고 하더라도 그게 겉으로 모두 티가 나 눈치챌 수 있을 정도다.

하지만 유그아닌은 방금의 말을 자신과 눈을 마주치며 얘기했다.

그렇다면 사실이라는 뜻.

"그럼, 배우면 사는 건가요?"

[당연하지. 마법사들은 본래 인간이 가지고 있을 수 있는 마나의 양의 몇십 배를 갖고 있네.]

"근데 왜 안 죽는 건데요?"

[그거야 마나 로드를 뚫어주고 서클이라는 것을 만들어 몸에서 마나가 폭주하지 않도록 막기 때문일세.]

유그아닌의 자세한 설명에 동현은 신경질적으로 머리를 쓸어 올리며 복잡한 얘기라고 투덜거렸다.

[여하튼 죽고 싶지 않다면 마나를 배우는 것이 좋을 게야. 이제야 자네가 하고 싶어 하는 것을 찾았으면서 죽고 싶지는 않을 게 아닌가.]

유그아닌의 말에 동현은 어쩔 수 없다는 듯 한숨을 내쉬며 고개를 끄덕였고, 그는 만족스럽다는 표정으로 동현을 바라보았다.

위이잉—

그때, 동현의 주머니에서 작은 진동음이 들렸다.

동현은 자연스럽게 주머니에 손을 넣어 휴대전화를 꺼내 들었다.

[전부터 물어보고 싶었는데 그건 뭔가?]

"이거요? 핸드폰이요."

[핸드폰? 뭐하는 물건인가?]

유그아닌의 물음에 동현은 자신에게 온 문자 메시지를 확인하며 대답했다.

"멀리 있는 상대한테 전화라는 걸 걸어서 바로 목소리가 들리게 할 수 있고 단문 편지 같은 걸 몇 초 만에 전달할 수 있는 것이라고 하면 알아들으시겠죠?"

고개를 슬쩍 돌려 유그아닌의 얼굴을 확인한 동현은 놀란 눈으로 휴대전화를 보고 있는 그를 보고 고개를 내저으며 한숨지었다.

[사용하는 법 좀 보여주시게.]

흥분한 듯 눈을 반짝이며 물어보는 유그아닌.

그의 말에 동현은 당황한 듯싶었으나, 어차피 자신이 하는 것을 보고 배우는 이였으므로 동현은 고개를 끄덕였다.

KD에서의 문자였다.

—KD의 가족이 되신 것을 진심으로 환영합니다. 앞으로 잘 부

탁드립니다. 정식 계약서는 오디션이 끝나고 체결하도록 하겠습니다.

　　메시지를 확인한 동현은 슬쩍 입꼬리를 말아 올렸다.

　　아직 시작 단계지만 그래도 기회를 잡았다는 생각에 마음 한편에서 기쁨의 물결이 숫구쳐 올라왔다.

　　[호오! 정말 신기한 물건이로구먼! 손가락을 댄 것만으로도 이리저리 움직이고 글씨가 써지다니!]

　　"…정말 누가 보면 깡촌 사람인 줄 알겠어요."

　　유그아닌의 반응에 실소를 지어낸 동현은 시간을 확인하고는 눈을 홉떴다.

　　아까 달리기 시작한 시간이 10시 30분 정도.

　　하지만 지금 시간은 1시에 다다르고 있었다.

　　"도대체 몇 시간을 뛴 거야."

　　어림잡아 계산해 두 시간 이상. 동현은 믿을 수 없다는 표정으로 계속해서 시간을 확인했다.

　　[뭐 문제라도 있는가?]

　　"아니, 시간이……. 분명 뛰기 시작했을 때가 10시 반인데 지금 1시가 다 되어가고 있어서요."

　　[음? 아, 그 시간이란 것을 말하는 겐가? 정확히 초라는 것으로 말하면 8,280초를 뛰었고 분이라는 것으로 말하면 138분을 뛰었네.]

전력 질주로 138분, 2시간 18분.

"말도 안 돼……."

자신이 그 정도로 긴 시간을 뛰었다니 있을 수 없는 일이
다.

많이는 아니더라도 분명 동현은 흡연을 해 담배를 피우지
않은 사람보다 폐활량이 떨어진다.

하지만 동현은 일반 사람을 뛰어넘어 운동을 전문적으로
하는 사람보다 더 많은 시간동안 전력 질주로 뛰었다.

"운동을 전문적으로 한 사람도 전력 질주로 2시간 18분은
무리일 텐데 이게 무슨……."

[지금 고작 그 정도 뛰고 놀라고 있는 겐가? 허참, 이 세계
사람들은 얼마나 약골인 겐지. 쯧쯧.]

"이게 어떻게 된 건지 아세요?"

[말하지 않았는가. 마나 때문일 게라고. 그렇게 몸에 부족
한 마나를 채워가면서 자네 몸은 일반인의 범주를 뛰어넘을
게고, 그것을 잘 다스려 주지 않으면 자네는 꽥! 얘기했지 않
나.]

동현은 믿기지 않는다는 듯 헛웃음을 내뱉으며 자신의 두
손을 내려다보았다.

그러고 보니 턱 끝까지 차올랐던 숨이 내려가 지금은 평소
처럼 자연스럽게 숨을 쉴 수 있었다.

"진짜 신기하네."

　멀리 있는 것을 바로 옆에서 듣는 것처럼 들을 수 있고, 시력이 지나칠 정도로 좋은데다가 이제는 체력도 좋아졌다.

　[그러게 내가 좋다고 하지 않았나? 왜 지금까진 떨떠름한 반응 보여놓고 이제야 그런 반응을 보이는 겐가?]

　"뭐, 그때야 제가 배울 생각이 1%도 없었으니 저랑은 상관없는 일이라 그랬던 거고 지금은 배워야 하니까 좋은 걸 실감하는 거죠."

　[이상한 놈일세. 내가 살던 세계에선 나한테 배우려고 수천 명이 줄을 서 있는데.]

　혼잣말로 중얼거리며 '그땐 좋았지' 라며 과거를 회상하던 유그아닌은 깊은 한숨을 내쉬며 일단 정상으로 올라가자며 주저앉은 동현을 일으켜 세웠다.

　"좀 더 쉬고 싶은데……."

　[어허! 게으름은 게으름을 낳을 뿐일세! 젊은것이 나보다 체력이 달리면 어쩌자는 겐가! 퍼뜩 일어나시게!]

　단호한 표정으로 말하는 유그아닌.

　그의 행동에 동현은 미간을 찌푸리며 일어나 어기적어기적 그의 뒤를 따르기 시작했다.

＊　　＊　　＊

　유그아닌이 말한 '마나 로드' 라는 것을 뚫는 것은 의외로 쉬웠다. 하지만 의외로 엄청난 고통을 밀고 들어왔다.

유그아닌의 말로는 보통 본인이 직접 뚫을 때 대량의 수분이 방출되고 약간 따끔거리는 통증만 있을 뿐이라 했다. 하지만 동현 같은 경우는 타인이 뚫어주는 것이기에 고통이 몇십 배가 더해지는 것이라고 했다.

"으으윽……."

[꾀병 하나는 끝내주는군!]

"아니, 이거 무슨! 아오!"

마치 뼈가 부러지는 것만 같은 느낌에 동현은 미간을 찌푸리며 양팔을 주물렀다.

"도대체 이런 걸 몇 번을 해야 하는 건데요?"

동현이 인상을 쓰며 묻자 유그아닌은 어른 앞에서 인상 쓰지 말라며 그의 머리를 가볍게 내려치며 답했다.

[아마 서너 번만 더 해주면 될 걸세.]

새하얀 수염을 쓸어내리며 말하는 유그아닌. 동현은 이러한 고통을 또 겪어야 한다는 생각에 긴 한숨을 내쉬었다.

[아, 설명 안 한 게 있네. 아직 확실한 것은 아니니 간단하게만 말해주겠네. 이곳은 내가 살던 곳과는 다르게 마나의 체계나 흐름, 배열 상태가 꽤나 다르다네. 그 때문에 아마 외부에서 들어오는 마나는 다루기가 꽤 까다로울 걸세.]

손가락을 이리저리 움직이며 자신이 살던 세계와 이곳의 마나 체계를 그리는 유그아닌.

그의 그런 모습에 동현은 이해는 가지 않지만 허공에서 그림이 생겨난다는 게 신기하다는 듯 그림에서 눈을 떼지 않았다.

[익숙지 않은 마나를 무턱대고 썼다간 주위가 어떤 식으로 초토화될지 미지수이니 말이지. 자네가 체내가 아닌 주위의 마나를 느끼고 다루기 전까진 내 마나를 자네에게 넣어줄 테니 그것으로 연습하도록 하시게나.]

"아니, 그전에… 마나라는 걸 어떻게 느끼는 건데요?"

동현의 물음에 우아한 자태로 수염을 쓸어내리던 유그아닌이 얼굴을 종이처럼 구기며 동현에게 말했다.

[허어! 마나를 느끼는 법조차 모르다니! 그냥 탁! 하면 척! 하고 느껴서 딱! 하고 알아야 하는 것 아닌가?]

"제가 무슨 천재예요?"

[허허허, 농일세, 농.]

마나의 운용은 명상으로 이루어지며 보통 마나를 처음 느끼는 것은 내부가 아닌 외부라고 한다.

정상적인 방법이 아니었지만 동현은 특별 케이스로 외부가 아닌 내부의 마나를 인식하게 되었다.

[아둔한 자네 머리로는 설명보단 실전에 더 나을 것 같으니 말일세.]

유그아닌은 동현에게 가부좌를 틀고 앉으라 했다. 그리고 눈을 감은 후 허리를 세우고 주위의 기운과 공기의 흐름을 느껴보라고 했다.

"기운이나 흐름을 어떻게 느껴요?"

[거참, 그냥 잡생각 하지 말고 멍하니 있으면 알아서 될 걸세!]

"무책임하시네요."

[자네가 멍청한 것을 내 탓으로 돌리지 마시게.]

동현은 작은 한숨을 내쉬며 그의 말대로 커다란 바위 위에 앉아 가부좌를 틀고 눈을 감았다. 한참 동안 눈을 감고 머릿속의 잡생각을 없애니 몸속에서 무언가가 왔다 갔다 하는 것이 느껴졌다.

얼핏 보면 몸속에서 벌레가 기어가는 이상한 느낌. 생전 처음 느껴보는 움직임에 동현은 기분 나쁘다는 듯 미간에 주름을 잡았다.

[지금 자네 몸속에 움직이는 그 느낌들을 잊지 마시게.]

오 분 정도 그러한 느낌을 받고 있었을까, 동현의 팔에서 손을 뗀 유그아닌이 조금은 놀란 표정을 지으며 그를 바라보았다.

"왜 그래요?"

[아무것도 아닐세.]

유그아닌으로서는 놀랄 일.

동현의 몸에 손을 대 마나를 움직여 마나들이 자연적으로 마나 로드를 뚫을 수 있게 움직여 주었더니 신기하게도 이미

뚫려 있는 것처럼 마나들이 스스로 움직였다.

평소 같았으면 신기하다며 동현에게 현재 본인 몸 상태에 대해 설명해 주었겠지만 지금은 이 세계에 있는 마나에 대한 지식이 충만하지 않아 섣불리 입을 열 수 없었다.

물론 지금 틀린 설명을 하고 다음에 가서 바른 설명을 했을 때 동현이 '아, 그랬군요!' 하며 수용한다면 상관없겠지만 지금까지 동현을 지켜본 바 꼬투리 잡고 비꼴 것이 분명했다.

[큼, 오늘은 그만 내려가도록 하지. 갑작스럽게 몸의 밸런스가 달라졌으니 육신이 많이 피곤할 게야.]

유그아닌의 말에 동현은 고개를 가볍게 끄덕이며 자리에서 일어났다.

* * *

산에서 내려온 동현은 노트북을 켜 Dream Star의 SMS 번호를 찾았다.

이번 주까지 오디션이 진행된다면 늦장 부리지 말고 바로바로 하는 것이 좋다.

오늘은 유그아닌에게 마나를 배워 조금 지치긴 했지만 피곤에 익숙한 동현은 긴 하품만을 하고 휴대전화를 집어 들고 번호를 입력했다.

“후우……”

무대에 오를 때에도, 수많은 사람들 앞에서 노래를 부를 때에도 하지 않았던 긴장이 되기 시작했다.

[긴장하는 겐가?]

유그아닌의 물음에 통화 버튼을 누르려던 동현의 시선이 그에게 닿았다.

“설마요.”

말은 이리 하지만 입꼬리를 슬쩍 올리는 그의 눈은 웃고 있지 않았다.

긴장한 기색이 역력한 모습

유그아닌은 껄껄 웃으며 말했다.

[허허, 너무 긴장하지 말게나. 그 연성하인가 뭔가 하는 사람도 말하지 않았는가. 1, 2차정도는 통과할 수 있을 거라고.]

“있을 거라고 한 게 아니라 있겠지요라고 의문형으로 물은 거잖아요.”

물론 자랑스럽게 그렇다고 대답하긴 했지만 막상 전화기를 집어 드니 긴장이 되는 것은 어쩔 수 없었다.

‘빌어먹을, 한 번쯤 해볼걸.’

학창 시절에 한 번도 오디션 프로그램에 참가해 보지 않았다는 점에 대해 후회가 밀려왔다.

[일단 해보는 게 낫지 않나?]

“할 거예요.”

유그아닌을 쏘아본 동현은 통화 버튼을 눌렀다. 잠시 동안 컬러링이 울리더니 개인정보를 입력하라는 말이 들렸다.

하나하나 일일이 작성해 나간 동현은 삐 소리가 나면 노래를 부르라는 말에 마른침을 삼켰다.

그리고는 조용히 노래를 시작했다.

아무런 반주도 없는 노래였지만, 동현의 목소리에서 나오는 그 특색 있는 목소리가 방 안에 가득 찼다.

유그아닌은 느긋하게 동현의 노래를 들으며 고개를 까딱였다.

노래의 노 자도 모르는 유그아닌이었지만, 동현이 노래를 잘한다는 것만큼은 그도 인정하는 바였다.

“후우…….”

긴장 가득한 목소리로 녹음을 끝낸 동현은 그 곡으로 오디션 신청을 마친 후 휴대전화를 내려놓았다.

“어땠어요?”

[뭐가 말인가? 노래 말인가?]

“그럼 그거 말고 뭐가 있는데요.”

동현의 물음에 유그아닌은 턱을 긁적였다.

[나쁘진 않더군.]

장난기를 가득 담아 말하는 유그아닌. 그의 말에 동현은 긴장한 얼굴을 풀며 그 자리에 벌러덩 드러누웠다.

“이제 좀 속편하다.”

피로감이 갑작스레 확 밀려왔다. 눈을 감자 모든 감각이 아
득히 멀어졌다.

Chapter 04
흑마법사

유그아닌에게 마나를 이용, 사용하는 '마나 연공' 이라는 것을 배운 지 수일 후, 동현에겐 많은 변화가 일어났다.

제대로 조절하지 못했던 신체 변화를 조금씩 자신의 의지대로 조절해 본인이 원하지 않는 이상 사람의 모공을 보는 일은 없었다.

다른 문제는 눈 이외의 다른 신체들. 그러니 귀와 코마저 좋아져 현재는 그 두 가지 때문에 고생하고 있다는 것이었다.

하지만 고생하는 다른 장기들과는 다르게 목만큼은 놀라운 속도로 좋아지고 있었다.

지금까지 세 곡가량만 불러도 통증을 호소했던 목이 이제는 세 곡은 당연지사 다섯, 여섯 곡을 불러도 통증을 불러오지 않았다.

물론, 무리를 하면 그만큼 아파오지만 그렇지 않는 이상 목 상태는 언제나 최상이었다.

또 하나는 유그아닌이 동현의 마나 로드를 모두 뚫어주어 간신히 마나라는 것을 느낄 수 있게 됐다는 점 등 많은 변화가 있었다.

"아으, 지친다."

마나로 인해 피곤감이 많이 줄어들었다고는 하지만 잠을 제대로 자지 못하면 지치는 것은 당연한 것.

마나로 버틸 수 있는 한계가 있었고, 동현의 경지가 높은 편이 아니라 아직까진 긴 시간 휴식을 취하지 않으면 똑같이 피곤함을 느낀다.

[뭔 놈의 일이 그리 바쁜가? 그 뭐냐, 그 대회인가 뭔가 하는 것 때문에 더 바쁜 것 같다만.]

유그아닌은 수염을 쓸어내리며 옷도 갈아입지 않은 채 이부자리에 쓰러지듯 누운 동현을 보며 말했다.

"하고 싶은 거니까 하기 싫다는 마음이 들지는 않는데 지치는 건 어쩔 수 없네요."

[지치기 싫으면 마나 운용을 할 수 있게 좀 해보게. 나 참, 이렇게 더딘 학생은 처음 보는군!]

동현은 한쪽 눈썹을 치켜 올리며 동현에게 말했다.

사실상 마나가 이리 없는 세계에서 보면 동현의 발전이 더딘 것은 아니었다. 어떻게 보면 본래 유그아닌이 살던 세계에서 에이스라고 말할 수 있을 정도로 발전 속도가 빨랐다.

하지만 동현에겐 자극이 필요했다.

자기 자신이 최고라고 느끼게 되면 언제부턴가 마음 가득 교만이 들어와 나태해지게 마련.

그런 싹이 조금이라도 자라기 전에 미리부터 막아두는 것이 좋다. 하지만 너무 못한다고 하기보단 간간이 칭찬을 섞어주는 것이 좋겠지.

"얼마나 해야 안 더딘 건데요?"

동현이 묻자 유그아닌은 눈동자를 이리저리 굴리다가 답했다.

[지금쯤이면 능숙하게 마나 운용을 할 줄 알아야지! 마나를 느낀 것은 매우 잘했다만 중요한 건 마나 운용이야!]

유그아닌의 말에 동현은 혀를 차며 누워 있던 자리에서 일어났다.

"말 나온 김에 바로 하죠."

[허어, 자네가 언제부터 그리 바른 학생이 되었나?]

"지금부터요."

동현의 행동에 유그아닌은 의미심장한 미소를 지으며 동현의 앞으로 내려앉았다.

[좋다! 그럼 오늘은 마나 운용하는 법을 알려주도록 하지!

마나 운용에 관해 말해줄 터이니 내가 말하는 대로 몸속의 마나를 움직여 보시게나.]

유그아닌의 설명에 의하면 마나 운용, 또는 마나 수련법이라고 불리는 이것은 자신의 몸속에 있는 마나를 단련하고, 외부의 힘을 받아들이는 연습이라고 한다.

보통 마나 운용을 시작할 때는 태어날 때부터 체내에 보유한 채 태어나는 마나를 느끼기 시작한다. 그리고 나아가 외부에 돌아다니는 마나를 느끼고 받아들이는 것이라고 한다.

[자네는 일단 몸속에 있는 마나부터 자신의 것으로 만들어야 하네. 자네가 지금 갖고 있는 마나는 내 것이니 말일세.]

마나 운용에 대한 설명은 생각했던 것보다 간단했다.

체내에 있는 마나를 느끼고 마나 로드를 통해 퍼져 있는 마나들을 단전으로 모은다.

그의 말로는 본래 심장 근처로 모으는 것이 자신들의 방식이지만 이 세계의 마나 구조상 심장보다 단전에 모으는 것이 낫다고 하였다.

[자, 일단 해보시게.]

설명을 끝낸 유그아닌은 '어디 네놈이 할 수 있나 보자!' 하는 거만한 태도로 동현을 바라보았다. 그 시선에 동현은 미간을 찌푸리며 억누른 한숨을 내뱉었다.

동현은 그 자리에서 가부좌를 틀고 앉아 눈을 감고 주위의 기운과 공기의 흐름을 느끼기 시작했다.

한참 동안 눈을 감고 머릿속의 잡생각을 지우니 몸속에서 무언가가 움직이는 것이 느껴졌다.

처음엔 불쾌하고 기분 나빴지만 수없이 반복하다 보니 이제는 익숙해진 마나의 움직임. 동현은 들이켰던 숨을 조심스레 내뱉으며 유그아닌의 입에서 나올 지시를 기다렸다.

[마나가 느껴지나?]

유그아닌의 물음에 동현은 슬쩍 고개를 끄덕였다.

[자, 그럼 이제 머릿속으로 마나가 가는 길을 그려주면서 마나를 움직이시게.]

유그이닌의 말에 동현은 눈을 감고 온몸에 퍼진 마나를 배꼽 아래 부분에 모으기 위해 전전긍긍했다.

생각대로 쉽게 되지는 않았다. 머릿속으로는 몸속에 있는 물체가 단전으로 모이는 것을 그리고 있는데 현실은 달랐던 것이다.

동현이 땀을 뻘뻘 흘리며 이를 낮게 갈자 유그아닌은 껄껄거리고 웃으며 오늘은 이만하라 했다.

눈을 뜨고 시간을 보니 어느덧 한 시간이 훌쩍 지나가 있었다.

[하루에 적어도 한 시간 이상 연습하시게나. 나중에 체내의 마나 대부분이 단전에 모이게 되면 그때 마나를 이용해 마법을 부리는 법 같은 것들을 가르쳐 주겠네. 기초가 탄탄해야 그 위에 쌓은 탑도 견고해지게 되거든.]

"아니, 뭐, 마법인가 그걸 배우는 건 좋은데 마나 녀석이 움직이려고 하지를 않는데 어떻게 하라고요?"

[마나는 자신의 몸의 일부나 마찬가지일세. 억지로 하려 하지 않더라도 자네를 따르게 될 게야.]

"심오하기도 하네요."

[허허허, 본래 눈에 보이지 않는 것은 심오하게 마련이지.]

동현의 투덜거리는 말에 유그아닌은 그저 웃기만 하며 그에게 게으름 피우지 말고 꾸준히 수련할 것을 강조했다.

"한숨 자고 이우형 만나러 가봐야 해요."

[오늘도 연습인가?]

"매일 연습이죠, 뭐. 잠잘 시간도 없네."

동현은 그때를 회상하듯 한숨을 폭 내쉬며 말했다.

1차 오디션을 마친 다음날, 여느 때처럼 분주히 일을 마치고 돌아와 숙면을 취하고 일어나 보니 문자가 한 통 와 있었다.

—꿈을 키우는 오디션 Dream Star! 축하드립니다! 1차 오디션에 합격하셨습니다. 관심을 가지고 열정으로 도전해 주신 참여자분께 감사를 드리며 이후 일정은 홈페이지를 참조해 주시기 바랍니다.

그 문자가 왔을 때 동현은 평소답지 않게 멍한 모습으로 십 분가량 보았던 것 같다.

그리고 그 문자를 받고 얼마 되지 않았을 때 이우형에게 전화가 왔다.

춤출 줄 아느냐고.

춤을 단 한 번도 접해본 적 없는 동현으로선 당연히 없다고 답했고 그 이후로 동현은 매일같이 우형에게 춤을 배우기 시작했다.

춤을 배우는 것에는 문제가 되지 않았다. 문제라면 동현이 몸치라는 것.

기본적인 동작부터 시작해 복잡한 동작까지 일일이 배우는데 춤이란 것을 접해보지도 못한 동현에겐 어렵기만 했다.

다행히 음악적인 재능도 있고, 마나를 배우기 시작하고부터 몸이 유연해져 춤을 배우는 데 큰 문제는 없었지만 모르는 것을 배운다는 점 자체가 동현에겐 어려웠다.

[그렇게 미리미리 해놓았으면 좋지 않았나.]

"빌어먹게도 음악이라면 질색을 하는 아버지 밑에서 자라서 말이죠. 가수 하겠다고 한마디 꺼냈다가 뒤지게 맞아서 춤 같은 걸 하겠단 생각도 못했어요."

동현은 긴 한숨을 내쉬며 옷을 갈아입기 위해 자리에서 일어나며 말했다.

"그리고 목 상태도 가수가 될 수 있는 상황이 아니었던지라 이런 기회가 올 줄 몰랐죠. 알았으면 미리 했겠죠."

또다시 춤을 배우러 가야 한다는 것에 짜증이 난 것인지, 동현은 이를 낮게 갈며 말했다.

"어쨌든 잘 거니까 창문이나 좀 닫아주세요."

동현은 휴대전화로 알람을 맞추며 말했다.

그는 동현의 부탁대로 손가락 하나를 움직여 창문을 닫고 잘 개어져 있는 이불을 잠자기 편하게 펴주었다.

"궁금한 게 있는데, 마나를 배우면 그런 것까지 가능한 거예요?"

[마나라기보단 마법이지. 아! 추가 설명으론 어느 정도 마법의 경지에 이르면 젊은 모습을 유지할 수 있네.]

"유그아닌은 그 경지엔 못 이른 모양이네요?"

[허어! 무슨 소리! 난 이미 몇십 년 전에 이르렀네! 젊은 모습보단 늙은 게 더 인자해 보여 이러고 있는 것일세!]

자존심 상한다는 듯 얼굴을 붉히며 말하는 유그아닌의 행동에 동현은 크게 웃어 보이고는 자리에 누웠다.

*　　*　　*

아무것도 보이지 않는 깊은 어둠.

발을 아무리 내디뎌도, 팔을 뻗으며 휘저어 보아도 아무것도 만져지지 않는 공허함이 동현의 전신을 휩쌌다.

[어디 있는가.]

전신에 소름이 돋는 오싹한 목소리에 놀란 동현은 자신도 모르게 두 팔을 쓸며 목소리의 근원을 찾기 위해 주위를 두리번거렸다.

"누구?"

물밀듯 밀려들어 오는 궁금증에 동현은 입을 열어 소리를 냈다.

갑작스럽게 들려오는 소리에 목소리의 근원 역시 놀란 듯싶었다.

[찾았다.]

희열과 흥분에 가득 찬 목소리가 들려오고, 얼마 있지 않아 동현의 주위에 흐름이 차츰 변하고 있는 것이 느껴졌다.

순식간의 일.

검은 무언가가 동현을 덮쳤다.

사위스러운 기분에 들어 반사적으로 팔을 내둘렀지만 소용없는 일.

검은 그림자는 동현을 덮쳐 호흡을 방해했고, 동현은 숨을 헐떡이며 자신을 압박하는 기운을 떨치기 위해 몸을 이리저리 비틀었다.

"떨어… 져……."

동현은 괴로운 듯 인상을 찌푸리며 손에 잡히는 것을 주먹으로 치고 팔로 밀어냈다. 하지만 소용없는 일.

검은 그림자는 여전히 동현에게 달라붙은 채 떨어지지 않았고, 몸을 비틀던 동현은 있는 힘을 다해 주먹을 휘두르고 발을 내질렀다.

시야를 막던 검은 것이 떨어져 나가자 차가운 입김이 얼굴에 닿는 것이 느껴졌다.

차가운 기운은 얼굴뿐만이 아닌 전신에서 느껴졌다. 사내는 다급한 듯 동현의 이곳저곳을 살피며 낮게 으르렁거렸다.

[네 이놈…….]

남자는 동현의 팔에 묶여 있는 사슬을 붙잡았다.

오금이 저렸다.

동현은 아무런 말도 하지 못한 채 그저 사내의 시선에서 벗어나기만을 간절히 바랐지만 남자는 핏빛 눈동자를 번뜩이며 사슬을 잡은 손을 풀었다.

눈앞에 보이는 이는 분노에 휩싸여 넘쳐 오르는 감정을 주체하지 못하고 있었다.

[유그아닌 이놈……. 네 이놈!!]

붉은 눈동자의 사내는 소리를 지르며 동현의 목을 제 손으로 감싸며 강한 힘을 가했다.

"컥!"

분명 이곳은 꿈속일 터. 고통은 느껴지지 않아야 정상이다.

하지만 동현은 목에 느껴지는 감촉과 살을 파고드는 고통에 몸을 떨며 사내를 밀어냈다.

[감히, 감히!]

사내의 얼굴이 일그러졌다.

얼마 있지 않아 사내의 몸에선 푸름을 머금은 살기가 용솟음쳐 오르기 시작했다.

그 모습을 보던 동현의 몸이 조금씩 떨려오기 시작했다.

손끝에서부터 시작해 팔을 타고 오르는 전율이 급기야 전신으로 퍼져 나가기 시작했다.

떨리는 몸을 주체할 수 없었다. 꿈인데도 불구하고 제어되지 않는 두려움이 동현의 뇌를 마비시켰다.

사내의 입에서 으르렁거리는 소리가 들려왔다.

'죽는다!'

동현은 생각했다. 이곳이 꿈이라고 하더라도 자신은 죽을지도 모른다고…….

"동현아! 야! 유동현!"

귀에 익은 목소리에 동현은 감았던 눈을 번쩍 떴다.

흐릿한 시야에 손을 들어 눈을 비비니 보이는 것은 익숙한 자취방의 천장과 이우형이었다.

"무슨……."

동현이 눈을 뜨자 우형은 안심했다는 듯 자리에 털썩 주저앉았다.

'꿈이었던 건가…….'

느낌은 아직도 생생했다. 갑자기 두려움과 공포가 밀려와 머릿속이 새하얗게 변해 아무런 생각도 할 수 없었던 아까의 그 느낌을.

"귀신이라도 봤어? 손 떠는 거 봐."

우형의 말에 동현은 떨리는 손을 반대쪽 손으로 부여잡고 우형에게 말했다.

"어떻게 들어왔어?"

문은 분명히 잠갔을 터. 춤을 배우기 위해 어쩔 수 없이 집을 알려준 동현이었지만 열쇠까지 맡긴 기억은 없었다.

"창문이 열려 있길래."

"…여기 3층이거든?"

"남자라면 3층 정도는 계단처럼 밟고 올라와야지."

우형의 말에 동현은 대충 '야마카시'로 많이 알려져 있는 '파쿠르'를 이용해 올라온 것을 알고 작은 한숨을 내쉬었다.

"빨리 연습하러 가자."

"어, 근데 왜 데리러 온 거야?"

"너 늦잠잘까 봐."

우형은 익살스럽게 핸드폰을 흔들어 보인다.

그의 행동에 휴대전화를 확인해 보자 부재중 전화가 자그마치 열 통이 넘게 와 있었다.

"쓸데없는 걱정인데."

"야, 그래도 악몽 꾸고 있던 거 깨워줬으면 고마워 해야지!"

“그래그래.”

동현은 우형에게 가볍게 대답하며 시간을 확인했다. 고작 11시. 잠든 지 두 시간도 채 안 되어 잠에서 깨어난 것이다.

우형의 말에 동현은 머리를 긁적이다가 일단 씻고 나오겠다며 화장실로 발걸음을 옮겼다.

동현은 화장실에 들어서면서 무의식적으로 세면대에 딸린 거울을 바라보았다.

가위에 눌린 탓인지 피곤이 풀리지 않아 붉게 충혈된 안구와 눈 밑에 깊게 자리 잡은 다크서클이 동현이 현재 많이 피곤한 상태임을 보여주었다.

“음?”

붉은 자국.

꿈에서 잡힌 목 부근이 붉게 물들어 있었다. 그다지 선명하진 않지만 동현에게 충격을 주기에는 충분했다.

“유그아닌.”

[음? 느닷없이 왜 그리 진지한 목소리로 부르는 겐가?]

“혹시나 해서 물어보는 건데, 아는 사람 중에 붉은색, 아니, 피 색이랑 비슷한 눈을 한 사람 있어요? 유그아닌이랑 비슷한 디자인의 검은 옷 입은…….”

동현이 묻자 유그아닌은 순식간에 동현의 앞으로 다가와 그의 어깨를 부여잡으며 말했다.

[그, 그자를 자네가 어찌 아는 겐가?]

유그아닌의 눈동자가 크게 흔들렸다. 동현은 유그아닌의 반응에 둘은 서로 알고 있는 사이라고 확신하며 입을 열었다.

"꾸, 꿈에서 만났습니다만……."

크게 당황하여 물어오는 유그아닌의 행동에 놀란 동현은 말을 더듬으며 그의 물음에 답했다.

동현의 말에 유그아닌은 그의 목에 난 자국을 보며 중얼거렸다.

[그자가… 죽지 않았던 겐가…….]

"무슨 말이에요?"

[…얘기를 하자면 기네. 다음에, 다음에 알려주도록 하겠네.]

유그아닌은 어두운 표정을 감추지 못한 채 긴 한숨을 내쉬며 말했다. 그의 말에 동현은 느릿하게 고개를 끄덕이며 샤워를 한 후 화장실을 빠져나왔다.

"뭘 그렇게 이리저리 뒤지냐, 도둑 새끼마냥."

수건으로 머리를 털어내며 말하자 우형이 몸을 크게 떨며 물었다.

"깜짝이야."

"죄 지었냐? 왜 놀라?"

동현의 가벼운 농담에 우형은 실실 웃으며 방 이곳저곳을 들쑤시고 다녔다.

머리를 정리하다가 우형이 담뱃갑을 집어 들자 수건으로

그의 등을 탁 소리 나게 치며 말했다.

"넌 '눈으로만 보세요' 라는 말 모르냐?"

동현은 가벼운 옷으로 갈아입으며 우형에게 문단속을 부탁했다.

"다했어. 준비 다했으면 가자."

우형의 말에 동현은 내키지 않는다는 듯 가볍게 혀를 차며 알았다고 대답했다.

회사 사람이라고는 하나 새로운 사람을 만나는 것은 그다지 달갑지 않았다.

처음에 말문을 트는 것은 물론 공감대 등 이야기를 주고받을 코드를 형성하기까지 몇십 번의 침묵이 생겨난다는 것이 싫었다.

처음 봤을 땐 촐랑거려서 좋지 않은 이미지가 있었지만 그와 헤어지고 난 후 조금은 포근하다는 느낌을 받았다.

그리고 지속적으로 만나고 나니 나쁘지 않은 아이라는 것을 알 수 있었다.

'그러고 보니 저 녀석하고는 꽤 단시간 만에 친해진 건가.'

지금까지 동현과 단기간에 친해진 사람은 손가락에 꼽을 만큼 적었다.

일을 할 때에야 돈 때문에라도 사근사근하고 능글맞게 사람을 대했지만 평상시에는 일할 때의 성격과 정반대나 마찬가지이기에 사람들이 다가오기 조금 까다로운 편이다.

　학창 시절에서부터 사회에 나와서까지 먼저 굽히고 들어
갈 일이 없는 이상은 동현이 먼저 입을 여는 경우는 극소수.
　한결 같은 경우는 처음에 일을 배울 때 자주 얘기를 하다
보니 그새 친해졌지만 우형 같은 경우엔 그저 특별 케이스나
마찬가지였다.
　'나쁘진 않지.'

*　　　*　　　*

　"좋아! 그렇게 하는 거야!"
　흥겨운 음악 비트가 끊기고 흥분한 듯한 목소리가 동현의
귀를 파고들었다.
　아직 비정상적으로 좋아진 귀와 코를 제대로 제어하지 못
하는 동현의 귀에 엄청난 피해가 가 미칠 듯 아파왔으나 고막
파열을 막기 위해 유그아닌이 마나로 막아주어 최악의 상황
은 막을 수 있었다.
　"너, 목소리가 너무 커."
　시도 때도 없이 크게 소리를 지르는 이우형의 행동에는 이
미 익숙해졌으나 갑작스레 귀를 후벼 파는 그의 목소리만큼
은 익숙해지지 않았다.
　[이거 참, 계속 마나로 막아놓을 수도 없고.]
　나이트클럽에서 틀어놓는 음악 소리와 흡사하게 소리를

지르는 이우형의 목소리에 유그아닌 역시 질렸는지 고개를
내둘렀다.

　'집으로 돌아가자마자 일단 귀부터 어떻게 좀 해주세요.'

　[알았네. 나도 귀찮아서 원……. 마나 운용만 잘할 줄 알면
직접 할 수 있는걸.]

　'시끄러워요.'

　귀를 몇 번 만지작거린 동현은 우형에게 다가가 틀린 안무
를 체크받고는 안도의 한숨을 내쉬었다.

　하루도 쉬는 날 없이 열심히 연습했던 결과일까. 연습도 실
전처럼 하려 하는 둘의 열정으로 동현의 춤 실력은 예상보다
빠른 발전을 볼 수 있었다.

　"처음으로 하나도 안 틀렸어. 네가 여자였다면 부둥켜안고
뽀뽀라도 해줬겠지만……."

　"불결해, 저리 꺼져."

　"에휴, 얼굴은 예쁘장하게 생겨서 입은 왜 저리 거친지."

　마치 아줌마들이 수다를 떠는 것처럼 한쪽 손을 입으로 가
리고 말하는 우형의 태도에 동현은 미간을 찌푸리며 우형을
노려보았다.

　"농담, 근데 진짜 너 욕하는 거 고쳐야 해."

　"시끄러워. 너나 잘해."

　"맞다, 욕보단 성격이 문제였지!"

　깨달았다는 듯 작은 탄성을 지르며 말하는 우형.

그의 행동에 동현은 땀을 닦던 수건을 우형에게 던지며 말했다.

"조금 쉬었다가 한 번 더 가자."

"왜?"

"거참, 하자면 하는 거지 말이 많다."

"…그거 너, 독재자 발언이다?"

"전혀 난 그렇게 생각 안 하는데?"

키득거리며 받아치는 동현.

이런 행동에서 둘은 처음보다 꽤 좋은 사이로 발전했다고 볼 수 있었다.

"후우!"

동현은 힘든지 숨을 가쁘게 쉬며 흘러내리는 땀을 닦아내며 의자에 털썩 주저앉았다.

'유그아닌?'

[…….]

이맘때면 들려올 만한 유그아닌의 목소리가 들려오지 않자 동현은 고개를 돌려 한 곳에 있는 유그아닌을 바라보았다.

수심이 가득한 얼굴.

동현이 검은 후드를 쓴 이상한 사람에 대해 말을 꺼냈을 때부터 계속 저런 상태다.

마음 같아서는 무슨 일이냐고 묻고도 싶고, 유그아닌이 무슨 생각을 하는지 알고 싶었다.

하지만 아직 계약의 힘을 제대로 이용할 줄 모르는 동현은
간혹 우연적으로 그의 생각이 들어오는 것만 알 뿐, 자신의
힘으로 그의 생각을 알 순 없었다.

"섣불리 물어보지 않는 게 낫겠지."

"응? 뭐라고?"

"아니, 혼잣말."

*　　　*　　　*

유그아닌의 상태는 동현이 그를 걱정한 다음 날 바로 평소
처럼 돌아왔다.

하지만 동현이 그이에 대해 물어보려는 생각을 갖기만 하
면 아직 그것을 대답해 줄 때가 아니라며 고개를 내저었기에
동현은 유그아닌이 말해주기를 기다리기로 했다.

"후우……."

마나 운용을 배우고 며칠간은 별다른 차도가 없었다. 하지
만 일주일째 되는 날 그는 몸속에서 마나의 유동을 느낄 수
있었다.

처음 그가 마나 로드를 뚫어주겠다고 인위적으로 몸속에
밀어넣은 마나의 느낌과는 현저히 다른 느낌.

온몸이 상쾌해지는 것은 물론이고 마치 몸속의 노폐물이
한 번에 바깥으로 밀려나는 느낌이 들고 나선 마치 며칠 푹

자고 일어난 개운한 느낌을 받았다.

[대단하군.]

단 한 번도 순수한 감탄을 흘리며 동현을 칭찬한 적 없는 유그아닌은 그새 기세를 감추며 헛기침을 했지만 동현이 대단하다는 것만큼은 인정해 주었다.

그제야 유그아닌이 말해준 것이지만 인위적으로 마나 로드를 뚫어줬다고 하더라도 마나를 움직이는 데에는 꽤 오랜 시간이 걸린다고 한다.

유그아닌이 살던 세계에서 높은 경지에 이른 사람들이 아랫사람들의 마나 로드를 뚫어주는 경우는 간혹 있었으나, 모두 마나를 운용하는 과정에서 적어도 2년이 걸렸다고 한다.

"후우……."

한 시간가량의 명상과 그와 병행한 마나 운용을 마친 동현은 숨을 내쉬고 눈을 떴다.

[전보다 흐름이 더 좋아졌군. 그 상태로만 쭉 한다면 마법을 배우는 데에 큰 차질이 없겠어.]

유그아닌은 땀을 닦아내는 동현을 향해 만족스러운 미소를 지어 보이며 말했다.

"안 좋아지면 안 되죠."

유그아닌의 말에 동현은 미소를 지어 보이며 윙윙거리며 울리는 휴대폰을 바라보았다.

─꿈과 희망의 무대! Dream Star 2차 오디션에 참가해 주신 여러분 감사드립니다! 2차 오디션은 4월 24일 진행될 예정이오니, 홈페이지에 있는 참가 이력서를 작성해 오디션장에 오실 때 지참해 주시기 바랍니다. 자세한 사항은 Dream Star 홈페이지를 참고해 주세요.

문자를 확인한 동현은 슬쩍 미간을 찌푸렸다. 오늘이 4월 2일. 2차 오디션까지 얼마 날이 남지 않은 것이다.

"슬슬 연습을 하긴 해야 할 것 같네."

동현은 머릿속으로 연습할 수 있는 시간을 계산해 보았지만, 그러한 시간은 나오지 않았다.

KD와 계약을 체결하기로 한 이후 공부를 하고 있기는 하지만 전처럼 많이 하고 있진 않다. 하지만 그 대신 유그아닌에게 마나를 배우고 있어 다른 것을 할 시간이 나지 않았다.

게다가 남는 시간엔 수면을 보충하거나 이우형과 댄스 연습, 그리고 일하는 시간뿐.

"딱히 없구나."

그렇다면 별수없이 일하는 시간을 쪼개 연습을 하는 수밖에 없다. 마침 나이트클럽에서 노래를 부르고 있기도 하고 홍보할 때도 밖에서 부르니 연습 걱정은 없다.

"선곡이 중요하겠지만."

어디선가 들은 바로는 오디션에 합격하려면 발라드 중 조금 오래전에 발표된 곡을 부르는 것이 좋다고 했다.

[지각인 것 같은데 안 나가나?]

한참을 노트북으로 이리저리 사이트를 뒤지던 동현은 유그아닌의 목소리에 놀라 시계를 바라보았다.

8시 45분.

"미친!"

동현은 깜짝 놀라 자리에서 일어나 노트북 코드를 강제로 뽑아낸 후 튕겨 나오듯 집에서 나왔다.

[허어, 뛰어가 봤자 15분 만에 도착 못하지 않나?]

유그아닌의 물음에 동현은 빠른 속도로 달려가며 말했다.

'알면 말 걸지 마요!'

[에잉, 도와줄 수 있다는 말을 하려 했는데 싫다면 관두지!]

유그아닌의 말에 빠르게 달려가던 동현은 그 자리에 그대로 멈추어 섰다.

"도와준다뇨?"

[말 그대로 도와주겠단 거네. 지금보다 몇 배는 더 빠른 속도로 달릴 수 있게.]

"가능해요?"

[멀리 있는 소리도 들었는데 빨리 달리는 것쯤이야 못할까.]

껄껄 웃으며 말하는 유그아닌. 그의 말에 동현은 빨리 알려 달라며 그를 재촉했다.

[도와주면 뭘 해줄 건가?]

유그아닌의 말에 동현은 미간을 찌푸렸다. 며칠 전 한결과 얘기할 때 기브 앤 테이크 정신이라고 떠들어댄 것을 그가 보고 그대로 써먹고 있는 것이다.

유그아닌의 말에 동현은 이를 갈며 말했다

"뭘 원하시는데요?"

[흐음, 일단 그 나이트클럽에 가서 얘기하도록 하지. 늦지 않았는가.]

유그아닌의 말에 동현은 고개를 끄덕였다.

[지금은 바쁘니 내가 해주겠네.]

유그아닌은 작게 중얼거리며 동현의 체내에 있는 마나를 움직였다. 제 의지와는 다르게 멋대로 움직이는 마나에 동현은 몸을 살짝 떨었지만 이내 몸의 힘을 빼고 마나의 움직임을 느꼈다.

단전에 모여 있던 마나가 실오라기 풀리듯 얇게 풀리며 다리로 향했다.

어느 정도의 양이 다리에 쌓이자 유그아닌은 고개를 끄덕이며 출발해도 좋다 말했다.

[무언가 빠진 것 같은 느낌이 들지만… 괜찮겠지.]

유그아닌의 중얼거림이 신경 쓰이긴 했지만 지금은 그것에 신경을 쓸 때가 아니었다. 몇 분만 더 지나면 완전히 지각을 하기 때문이다.

“갑니다.”

동현은 낮게 말하며 땅을 박찼다. 그리고 그 순간 단말마의 비명 소리가 하늘 가득 매웠다.

*   *   *

“…너 꼴이 그게 뭐냐?”

다리를 절뚝이며 나이트클럽으로 들어서자 찬장을 정리하고 있던 한결이 물어왔다.

“묻지 마세요.”

이를 갈며 유그아닌을 바라보는 동현. 그의 행동에 유그아닌은 미안하다는 듯 어색한 웃음만 흘렸다.

“어디서 패싸움이라도 하다 온 거냐?”

한결의 물음에 동현은 아무런 대답도 하지 않은 채 이리저리 찢기고 흙이 묻어 넝마가 되어버린 옷을 신경질적으로 벗어 던지며 머리에 묻은 흙을 털어냈다.

“설마 진짜 싸웠냐?”

한결의 표정이 서서히 굳어가자 동현은 고개를 내저으며 달려오면서 생각해 낸 레퍼토리를 읊었다.

“아뇨. 등산하다가 넘어졌어요.”

“어떻게 넘어지면 이 꼴이 돼?”

“그냥 뭐, 뒹굴고 구르면 되죠.”

동현의 말에 한결은 헛웃음을 내뱉으며 동현의 몸을 훑었다. 어디 큰 상처가 난 곳은 없는지 확인하는 것이다.

한결은 지난번 차 사고로 인해 조금 아픈 기색이 보이면 부산을 떨며 크게 걱정하는 기세가 보였다.

성격상 자신의 일에 신경 쓰지 않아도 된다고 말하고 싶으나 한결에게는 그렇게 말 할 수 없었다.

어디까지나 순수한 마음으로 자신을 걱정해 주는 사람은 드물었으니까. 게다가 한결이 그런 식으로 동현을 대하는 것은 어디까지나 자신의 잘못에 있었다.

차 사고가 나지 않았더라면 지금처럼 과보호도 없을 테니 말이다.

"큰 상처는 없는 것 같네."

한결은 다행이라는 듯 안도의 한숨을 내쉬며 연고와 밴드를 동현의 손에 쥐어주었다.

"넌 나이도 먹을 만큼 먹은 녀석이 넘어지고 다니냐."

한심하다는 듯 바라보는 한결의 눈빛에 동현은 빨리 나가보라며 그를 홀로 밀어냈다.

"후우……."

거울을 보며 얼굴에 난 상처에 연고를 바르는 동현을 보고 유그아닌은 어색하게 동현의 뒤에 다가와 말했다.

[허, 허허허, 미안하네.]

아무런 대답도 없던 동현은 얼굴의 상처를 치료하곤 답

했다.

'그래도 지각은 안 했으니 용서해 드릴게요.'

동현의 답에 유그아닌은 멍한 표정으로 그를 바라보았다. 평소 같았으면 소리를 지르며 이게 뭐냐고 욕했을 그가 순순히 넘어간 것이다.

[정말인가?]

'대신 제가 무언가를 드릴 거라고는 생각하지 마세요.'

동현의 물음에 유그아닌은 강하게 고개를 끄덕였다. 무언가를 달라고 답했다간 무슨 냉대가 돌아올지 모르기 때문이다.

'오늘 일 끝나고 경주나 해요.'

동현의 말에 유그아닌은 안면에 웃음을 박아넣으며 좋다고 답했다.

"야, 준비 끝났으면 빨리 나와!"

홀에서 한결의 외침이 들렸다. 시간을 확인한 동현은 급히 웨이터 복으로 갈아입고는 홀로 향했다.

하필이면 오늘 무대에 오르는 날인데 다쳐 버렸다. 하지만 문제는 외상이 아니었다. 이곳으로 오는 중에 있던 일 때문에 비명을 질렀던 동현.

그 탓에 현재 동현의 목은 평상시보다 컨디션이 상당히 안 좋은 상태였다.

게다가 오늘 정해둔 곡은 다를 때보다 더 신나게 가자는 사장의 말에 록으로 선정이 되어 있는 상태.

월요일이나 수요일이라면 목 상태를 말해 조금 잔잔한 노래로 바꿔 보겠으나 오늘은 금요일이었다.

아마 노래를 잔잔한 걸로 바꾸자고 말하는 순간, 사장은 황금 같은 주말을 우중충한 노래 따위로 시작하고 싶지 않다며 윽박지를 것이 분명했다.

"큼큼."

동현이 목을 잡고 상태가 좋지 않다는 듯 미간을 찌푸리자 오픈 준비를 하던 한결이 물었다.

"목 상태 안 좋아?"

"조금요, 목 아파요."

제대로 목이 나갔는지 이제는 침만 삼켜도 따가울 정도다. 이 상태로 그런 곡을 부르는 것은 무리. 하지만 사장에게 무리라고 말했다간 무슨 잔소리와 악담이 날아올지 모른다.

한동안 목이 얌전히 잘 버텨주어서 이제는 체질이 좀 변한 것이 아닐까 싶어 안심하고 있는 면이 없잖아 있었다. 하지만 지금 목 상태를 보니 아무래도 그건 아니었던 것 같다.

[이보시게.]

'왜요.'

아까의 화가 다 풀린 것은 아닌지 유그아닌의 부름에 동현은 조금 감정을 담아 대답했다.

[마나를 이용해서 성대를 보호하면 되지 않는가. 마나는 폼

이 아닐세.]

유그아닌의 말에 동현은 짧은 감탄사를 터뜨렸다.

그러고 보니 마나는 신체의 능력을 극대화시키는 힘을 갖고 있을뿐더러 좋지 않은 신체도 좋게 만들어주는 힘을 갖고 있다.

물론 마나를 다시 단전으로 돌려보내면 평소와 같이 돌아오지만 그래도 지금 같은 상황에는 유그아닌의 말대로 하는 편이 나았다. 비상시니까.

동현은 유그아닌에게 짧게 고맙다는 인사를 남긴 후 단전에 있는 마나를 끌어 목을 감쌌다. 눈이나 코, 귀 등에 마나를 사용한 적은 있지만 목에 사용한 적은 없어 조금 어색한 기분이 들었지만 그것도 그새 익숙해졌다.

"괜찮아?"

한결은 동현에게 물을 건네며 물었다. 동현은 그가 주는 물을 받아 마시고는 이제 조금 괜찮아졌다며 걱정할 필요 없다고 답했다.

말로는 조금이라고 답했지만 이건 조금 괜찮아지는 수준이 아니었다. 목이 평소보다 편했고 전혀 부담이 가지 않는 것 같은 기분.

따끔거렸던 통증까지 완전히 사라졌다.

'새삼 마나라는 게 대단하다는 걸 느꼈어요.'

동현의 말에 유그아닌은 껄껄껄 웃으며 배우길 잘하지 않

왔냐고 물었다. 그의 물음에 동현은 마지못해 인정한다는 듯
고개를 끄덕였다.

"자, 오픈 시작하자!"

그렇게 불타는 금요일이 시작되었다.

금요일은 언제나 사람이 미어터질 정도로 모인다. 예전에
는 이 정도의 사람이 모이지 않았으나 동현이 밤무대를 시작
하고 나서부터 동방 나이트의 매출은 25% 이상이나 상승했
다고 한다.

그 후로 사장은 동현을 복덩이라고 부르며 아껴주는데, 그
런 모습이 동현에게는 살짝 공포로 다가왔었다.

"목 진짜 괜찮아? 아까 많이 안 좋아 보이던데."

"갑자기 컨디션이 최상이 됐어요."

마나 덕분이지만 최하에서 최상이 된 것은 사실. 동현이 살
짝 웃으며 말하자 한결은 걱정된다는 표정을 지었다.

"걱정하지 마세요. 괜찮으니까."

"아니, 널 걱정하는 게 아니라 우리 나이트를 걱정하는 거
야. 삑사리 내면 매출이 떨어지겠지?!"

"…진짜 얄밉다."

동현은 중얼거리며 익살스럽게 웃는 한결을 노려보았다.
얼마 안 있으면 무대에 오를 시간. 동현은 길게 심호흡을 하
고 스테이지에서 춤을 추고 있는 무리를 바라보았다.

　매일 무대에 오르기 전엔 약간의 긴장이 일었다. 하지만 올라가고 나면 언제 긴장했냐는 듯 무대에서 즐기는 자신이 있었다.

　"갔다 올게요."

　"삑사리 안 나게 조심해."

　"일부러라도 내고 싶게 말하지 마세요."

　동현은 평소와 같이 당당하게 무대 위로 올라섰다. 그가 무대 위로 올라서자마자 마치 아이돌이 무대에 선 것 양 엄청난 함성 소리가 울려 퍼졌다.

　"막둥아! 누나 또 왔어!"

　"막둥이 파이팅!"

　동현은 거대한 함성 소리와 함께 들려오는 자잘한 응원의 소리에 손을 흔들어주는 것으로 답해주고는 바로 음향실을 향해 노래를 틀라 지시했다.

　평소보다 더욱 신나는 노래가 홀에 울려 퍼졌다. 동현은 마나로 보완한 목을 믿고 평소처럼 무대 위에서 뛰놀기 시작했다.

　마이크를 입에 대고 노래를 부르는 순간, 평소와는 비교도 할 수 없을 만큼 매혹적인 목소리가 스피커를 통해 퍼져 나갔다.

　노래를 부르던 동현도 이런 목소리가 나올 줄은 상상도 하지 못했는지 순간적으로 발음이 뭉개지는 실수를 하였으나 급히 정신을 차려 노래를 이어갔다.

"뭐야. 목 아프다며……."

카운터에서 동현을 바라보던 한결이 중얼거렸다. 누가 듣더라도 평소보다 확연하게 차이나는 목소리.

그동안 동현을 봐온 사람들은 '오늘 컨디션이 최고로 좋은가 보다' 하고 생각했고, 처음 동현의 노래를 들어본 사람은 '저런 사람이 가수를 해야 한다!' 고 생각했다.

무대 위는 물론 홀 전체를 장악하며 노래를 부른 동현은 평소보다 더욱 달아오른 사람들에게 '원샷!' 이라고 외치며 눈앞에 있는 술을 들이켜게 했다.

덕분에 멍하니 동현의 무대를 구경하던 웨이터들은 빗발치는 주문에 분주하게 움직여야 했고, 카운터와 홀 전체를 돌보고 있는 한결 역시 숨 돌릴 새 없이 술을 꺼내 와야 했다.

오늘 동현의 무대는 평소보다 더욱 길게 이어졌다. 잔뜩 달아오른 사람들이 동현에게 더 하라며 무대에서 내려오는 계단에 주저앉은 것은 둘째치고, 사장이 저 멀리서 '더 해!' 라는 눈빛을 보냈기 때문이다.

덕분에 동현은 평소보다 무려 두 시간이 더 넘는 시간동안 무대에서 공연을 하고 내려올 수밖에 없었다.

무대를 마치고 휴게실로 돌아온 동현은 말 그대로 뻗어버렸다.

"힘들어······."

성대로 보냈던 마나를 단전으로 돌려보내자 목소리가 다시 뒤집어지기 시작했다. 안 좋은 목을 억지로 좋게 만들어 사용한 결과일까, 아까보다 목이 더 아픈 것 같았다.

[너무 무리했구먼. 마나로 커버한다 해도 본인의 몸이니 적당히 하는 게 좋았을 텐데······.]

유그아닌은 피곤에 절어 소파에 누워 있는 동현을 바라보며 혀를 찼다. 마나를 사용하고 나서 오는 피로는 잠을 자서 푸는 수밖에 없다.

"그래도 마나를 이용하니까 엄청나긴 하네요. 그게 사람이 낼 수 있는 목소리인가."

아직도 자신의 입에서 파격적이면서도 몽환적인 소리가 났다는 것이 믿기지 않는지 작게 키득거리며 말했다. 동현의 말에 유그아닌은 고개를 갸웃거리며 답했다.

[자네 마나를 이용해 신체능력을 극대화한다는 의미를 알고는 있는 겐가?]

"그냥 마나를 갖고 평소 사람이 할 수 없는 영역의 능력을 발휘하는 거 아니에요?"

동현의 물음에 유그아닌은 짧은 한숨을 내쉬며 말했다.

[능력의 극대화는 자신이 가진 재능 중에서 끄집어내는 거라네. 사람들이 본인을 수련할 줄 몰라서 그렇지, 할 줄 아는 사람이 있다면 아마 자네가 마나를 쓸 수 있는 것과 동일한

능력을 발휘할 걸세.]

즉, 유그아닌의 말은 무대에서 몽환적인 목소리로 한 노래
는 사람이 낼 수 없는 소리가 아닌, 어디까지나 동현의 재능
이라는 말이었다.

유그아닌의 말에 동현은 눈을 홉뜨며 그를 올려다보았다.

[뭐, 자네가 수십 년을 죽어라 노래만 부르면 그런 목소리
가 나올지 모르겠구먼. 아니, 끈기가 없어서 안 되려나.]

언제나 좋은 소리를 하고 재를 뿌리는 유그아닌의 행동에
동현은 낮게 이를 갈았다. 그렇게 평소보다 더 정열적으로 타
오르는 금요일은 지나갔다.

주말이 폭풍처럼 나이트클럽을 쓸고 지나가고, 동현과 한
결은 잔뜩 지친 얼굴로 나이트클럽을 나섰다.

평소 이렇게 지치도록 일하고 나서는 한결이 동현을 붙잡
으며 술이나 한잔하자고, 잠자기 편하다고 하며 술을 권했겠
지만 오늘만큼은 달랐다.

오히려 다른 곳으로 새지 말고 집으로 곧장 가서 쉬라는 것
이다.

"매일 정신없이 일만 하고 공부만 하니까 운동하러 갔다가
다치는 거 아니야."

"잔소리 좀 그만하세요. 누가 보면 형이 제 보호자인 줄 알
겠네."

“보호자지. 내가 형이잖아.”

“말이 되는 소리를 하세요.”

한심하단 표정으로 한결을 바라보던 동현은 집으로 가기 위해 발걸음을 돌렸다 그리고 그 순간 익숙한 목소리가 동현의 귀에 박혔다.

“오빠?”

갑작스레 들리는 목소리에 동현의 몸에 잔뜩 긴장이 들어갔다. 동현은 슬그머니 몸을 돌려 목소리의 근원지를 바라보았다.

예상했던 대로 유소현이었다.

“왜 거기서 나와?”

평소와는 달리 소현의 목소리에 잔뜩 날이 서 있었다.

그럴 만도 했다.

소현이 보아온 동현은 극히 일부분이었고 그가 아는 동현은 나이트클럽은커녕 술도 입에 대지 않을 것 같은 사람이기 때문이다.

동현은 마른침을 삼켰다.

아버지의 귀에 들어가는 것은 별 신경 쓰지 않지만 소현에게 밉보이고 싶은 마음은 없었다.

“그냥, 이 형이 같이 가보자고 해서.”

동현의 말에 한결의 얼굴엔 당황한 기색이 가득했지만 동현이 그의 옆구리를 툭툭 치자 어색한 표정으로 답했다.

“아, 어, 그래. 동현이가 요새 너무 공부만 하길래 스트레스 받고 있는 것 같아서 해소 좀 하라고 데리고 왔어. 하하하하!”

어색하게 웃으며 말하는 그에게 동현은 핀잔의 눈빛을 보냈지만 이내 어쩔 수 없다는 듯 긴 한숨을 내쉬었다.

“정말이야?”

한결의 말을 믿지 못하겠다는 듯 한쪽 눈을 치켜 올리며 묻는 소현의 말에 동현은 작게 고개를 끄덕이며 말했다.

“나도 스트레스는 받아.”

“하긴, 오빠도 사람이니까. 그래서 스트레스가 풀리긴 해?”

따지듯 물어오는 소현의 물음에 동현은 어떻게 대답할까 하다가 작게 고개를 끄덕였다.

만일 여기서 스트레스가 해소되지 않는다고 말한다면 나중에 또다시 마주했을 때 변명거리가 사라진다.

비록 단 한 번 마주친 거라고는 하지만 학교 가기 위해 이 길을 지나가는 소현을 다음에도 마주치지 말란 법은 없었다.

“그래?”

동현의 말에 소현은 할 말 없다는 듯 입술을 쭉 내밀며 말했다.

“그래도 이런 데 자주 다니지 마. 어른이니까 오빠가 알아서 하겠지만…… 그런데 오빠 얼굴에 그 상처 뭐야?”

웅얼거리며 말하던 소현은 동현의 얼굴에 붙어 있는 서너 개의 밴드를 보고 놀랐는지 급히 동현의 얼굴을 살피며 물었다.

"아아, 넘어졌어."

"어떻게 넘어지면 이렇게 다치는 건데?"

"그냥 뭐, 뒹굴고 나자빠지면."

아무렇지 않다는 듯 말하는 동현의 표정과는 달리 소현의 얼굴엔 걱정이 잔뜩 묻어났다.

"싸우고 다니는 건 아니지?"

걱정스레 묻는 소현의 말에 동현은 고개를 내저으며 소현을 안심시켰다.

"정말 넘어진 거니까 신경 쓸 필요 없어."

동현은 계속해서 걱정스러운 눈빛으로 상처를 바라보는 소현의 행동에 설핏 웃으며 그녀의 손에 오만 원짜리 두 장을 쥐어주며 말했다.

"걱정하지 마. 공부만 하지 말고 가끔은 친구들이랑 나가서 놀아."

"고3이 놀 시간이 어디 있어. 수능 준비 해야지."

뾰로통해 말하는 소현. 그녀의 말에 동현은 살짝 그녀의 머리를 쓰다듬어 주며 말했다.

"어서 가. 지각하겠다."

소현은 기분이 좋아졌는지 크게 고개를 끄덕이며 학교 쪽으로 달려갔다. 가는 도중 휴대전화를 꺼내 누군가에게 전화하는 모습을 본 동현은 그 내용을 듣고 작게 중얼거렸다.

"꿈 많은 열아홉 살 소녀가 문제집 살 수 있다는 걸로 기뻐하냐."

몇 년 전까지만 해도 자기 자신이 저랬다는 것을 잊고 싶다는 듯 동현은 고개를 설레설레 저었다.

다시는 저때로 돌아가고 싶지 않아졌다.

"가족력이냐?"

"뭐가요."

"공부에 목매는 거."

한결의 말에 동현은 어깨를 으쓱이며 말했다.

"저희 대에서 그러는 거겠죠. 전 이만 가볼게요."

"그래, 오늘은 좀 평범하게 와라."

"형은 좀 특이하게 와보세요. 오는 레퍼토리가 똑같아서 지루해요."

"말이나 못하면 밉지는 않지."

한결은 한숨을 푹 쉬며 동현에게 손을 흔들어 보였다. 위태로웠던 처음과는 달리 많이 안정된 것 같은 동현의 모습이 보기 좋았다.

*　　　*　　　*

[바로 운동 시작할 건가?]

평소 가는 길이 아닌 골목길로 접어들어 가는 동현에게 궁금증을 가진 유그아닌이 물었다.

그의 물음에 동현은 고개를 가볍게 끄덕였다.

[오늘도 내기할 셈인가?]

"당연한 거 아니에요?"

[에잉, 쓸데없는 곳에 승부욕 태우기는……. 그럼 오늘의 상품은 뭐로 할 생각인가?]

"맥주."

[콜.]

동현은 유그아닌의 말투에 웃음을 터뜨렸다.

이곳에 온 지 몇 달이나 지났다고 청소년들이나 TV에서 나올 법한 말을 모조리 배워 써먹는 모습을 보면 웃음이 절로 났다.

상상해 봐라.

칠팔십 된 노인이 청소년들이나 쓰는 단어를 쓰는 모습을. 웃음이 나지 않고는 배길 수 없었다.

'맥주도 많이 마시면 안 좋아요.'

전에 직장에서 함께 술을 먹자는 한결의 말에 오랜만에 함께 마셔줬을 때, 유그아닌이 한번 먹어보고 싶다고 해 돌아오는 길에 맥주를 사 먹여본 적이 있다.

유령의 모습이라 못 먹을 것이라는 동현의 예상과는 달리 유그아닌은 자연스럽게 맥주를 마셨다.

그 후 유그아닌은 맥주가 자신의 세계에서 마셨던 볼트라인가 뭔가 하는 음료와 맛이 비슷하다고 틈만 나면 맥주가 마시고 싶다고 했다.

[허허허! 영체뿐인 내겐 건강이고 뭐고 챙길 필요 없네!]

'영혼밖에 없는 사람이 뭘 먹는 게 신기하네. 보통 유령은 아무것도 못 먹지 않나.'

멍하니 중얼거리듯 말하자 유그아닌은 자신은 유령이 아니라며 같은 취급 하지 말라고 불같이 화를 냈다.

[유령과 영혼은 다른 거라 몇 번을 말하나!]

'그래봤자 근본은 같은 거라면서요. 그러면서 뭐 구분 같은 걸 하고 그래요. 귀찮게.'

[…자네, 내가 친히 식사를 하길 바라나?]

유그아닌의 말에 동현은 눈을 홉뜨며 유그아닌을 바라보며 고개를 내저었다.

혼자 밥 먹으며 생계를 유지하는 것도 힘든데 숟가락 하나가 더 늘어나면 골치 아파진다는 생각에 동현은 절대 안 된다며 그를 만류했다.

[그럼 유령과 영체의 구별을 똑바로 해주시게. 유령은 못 먹지만 영체는 마음만 먹으면 먹을 수 있단 말일세.]

'아, 알겠어요.'

유그아닌의 화를 잠재운 동현은 등산로의 근처로 다가오

자 가볍게 몸을 풀며 다리를 굴리기 시작했다.

'시작!'

동현의 말과 함께 두 사람의 달리기 시합이 또 한 번 시작되었다.

마나를 배우기 전까진 그저 높기만 했던 폐활량이 지금은 전문 운동선수의 범주를 뛰어넘어 마라톤을 몇 번이고 이어 달릴 수 있을 수준이 되었다.

동현 본인은 모르고 있지만 달리기 역시 국가대표로 나가도 손색이 없을 정도의 실력이었다.

시원한 바람을 맞으며 한참을 발을 놀리자 금세 정상이 눈에 들어왔지만 동현은 여전히 유그아닌의 뒤를 쫓고 있었다.

"헉헉헉! 무슨 진짜……. 날이 갈수록 빨라지시는 것 같은데 기분 탓이죠?"

의심스러운 눈빛을 한 채 유그아닌은 바라보는 동현의 표정에 그는 호탕하게 웃으며 말했다.

[발전은 자네만 하는 게 아닐세.]

유그아닌의 말에 동현은 머리를 긁적이며 커다란 바위 위에 드러누웠다.

조금만 있으면 Dream Star 2차 오디션이 시작한다.

이럴 때 산의 정상에서 아무런 생각도 걱정도 없이 멍하니 있다 보니 다음 오디션은 물론 앞날이 걱정되기 시작했다.

연성하 실장의 말에 의하면, KD의 연습생이 되는 것은 확실하다고 했으나 데뷔가 확실하다고 하지는 않았다.

연예인이 되어서도 묻히는 경우가 다반사에 끼니를 때우지 못해 다른 직업을 구하는 사람들도 많다고 들은 적이 있다.

혹시 KD에서 그저 땜빵용으로 사용해 본인이 그렇게 되는 것은 아닌가 하는 걱정이 슬쩍 찾아왔다.

[또 쓸데없는 걱정하기 시작했구먼.]

동현의 생각을 읽은 유그아닌은 쓸데없는 생각만 하는 동현을 보고 혀를 찼다.

유그아닌은 멍하니 하늘만 바라보고 있는 동현을 보며 항상 휴대하는 보랏빛 지팡이를 꺼내 동현의 머리를 가격했다.

[앞일은 미리 걱정하지 말게. 지금은 자네가 살아가고 있는 곳은 미래가 아니라 현재이지 않나.]

유그아닌은 동현의 머리를 살짝 쓰다듬으며 말했다.

[하나를 하자 하고 맘을 먹었으면 흔들리지 마시게나. 처음으로 자네가 정한 길이 아닌가.]

유그아닌의 말에 동현은 말없이 한숨을 내쉬었다. 정말 마음을 간과하는 사람이 있다면 유그아닌 같은 느낌이 아닐까 싶다.

계약 탓에 무슨 생각을 하고 있는지 상대방에게 고스란히 간다지만 그것을 해석하는 것도 받는 사람 나름인 것이다.

누군가가 등 떠밀어 달려가고 있던 목표. 사실상 동현 자신의 목표가 아닌 타인의 목표. 유그아닌의 말대로 동현은 자신이 스스로 목표라는 것을 세워본 적이 거의 없었다.

자신의 의사 결정을 하는 것은 자신이 아닌 아버지였으니까. 수년 동안 그러한 교육방침 아래에서 살아가려다가 혼자 독립하려니 될 리가 없었다.

사고방식은 변하지 않았고 혼자서 결정한 일에 두려움과 망설임이 흘러넘쳤다.

자신이 가수라는 빛나는 직업에 어울리는 사람인지,

곁에서 노래를 잘 부른다고 치켜세워 주는 것에 너무 기고만장해 되지도 않을 꿈에 발을 내딛는 것은 아닌지,

설사 가수가 된다 하더라도 행실을 잘못하여 바닥 끝으로 떨어져 다시는 올라올 수 없게 되는 것은 아닌지,

수년 전 아버지가 한 말처럼 허파에 바람이 들어가 사리 분별을 못해 허망한 꿈을 좇고 있는 것은 아닌지,

수만 가지 생각이 스쳐 지나갔었다.

하지만 그의 말을 듣고 다시금 각오를 다졌다. 배한결이 말을 해주었을 때도 했던 결심.

모든 사람들 앞에서 노래하는 것이 즐겁고 다른 사람들이 자신의 노래를 듣고 감동하는 것.

그것이 동현이 바라는 것이었고, 한 번 도전하지도 않고 늙어 죽어가는 것보단 짧은 인생, 도전이라도 해보는 것이 낫다고 생각하고 지금도 그리 생각하고 있다.

“유그아닌.”

동현은 조용히 그의 이름을 불렀지만 돌아오는 대답은 없었다. 하지만 그는 조곤조곤 말을 이어갔다.

“역시 유그아닌은 진지한 말하면 안 어울려요.”

키득거리며 말하는 동현의 말에 유그아닌은 미간을 찌푸리며 기다란 지팡이로 동현의 머리를 가격하며 말했다.

[떽! 어른이 말하는데!]

“아파요!”

동현 같은 경우는 마음으론 그곳으로 가자고 정해도 머리가 그의 의견을 따르지 않을 때가 있다. 그러한 경우 잘되리라 생각했던 것도 망설여지게 마련이고 잘 설계해 놓았던 꿈마저 놓아버린다.

그렇지 않기 위해서는 조력자가 필요했다.

“유그아닌.”

[왜 부르는가?]

“고마워요.”

유그아닌은 자신에게 있어 최고의 조력자였다.

[별말씀을.]

유그아닌은 웃음기를 담은 목소리로 대답했다.

바람이 동현을 휘감고 지나가며 땀과 함께 마음의 노고 역시 함께 쓸고 지나갔다.

Chapter 05
2차 오디션

4월 24일 오전 11시.

서울의 지역 예선이 이루어지는 장소는 월드컵 경기장이었다. 참가자의 수도 많고, 그만한 인원을 수용할 만한 장소가 이곳 말고는 없었기 때문이다.

동현과 우형은 오디션장에 들어서며 주위의 사람들을 둘러보았다.

대부분 사람들은 삼삼오오 모여 긴장이 된다느니 떨린다느니 말을 주고받으며 오디션이 시작되길 기다리고 있었다.

전체적인 분위기로 봤을 때, 꽤 들떠 있는 분위기. 게다가 어느 곳에서는 전 시즌 참가자가 이번 시즌에도 참가했다며 떠들고 있는 사람들도 있었다.

"활기가 넘쳐나네."

동현은 작게 중얼거리며 열정적인 눈을 갖고 자리에 앉아 있는 사람들을 바라보았다.

몇 주 전 그의 머릿속에 자리 잡고 있던 고민이 지금까지 이어지고 있었다면 지금 이 자리에 동현은 존재하지 않았겠지만 유그아닌의 조언을 받은 동현의 표정은 어느 때보다도 밝았다.

"넌 긴장도 안 되냐."

긴장한 탓에 입이 바짝 말라 목마저 쓰려오는 우형에 비해 동현은 아무런 내색 없이 그저 가사만을 훑고 있었다.

"설마 고작 2차 오디션에서 긴장?"

"…참가자들한테 돌 맞아 죽기 싫으면 목소리 줄이는 게 좋을걸. 물론 그 참가자 중 나도 포함."

"넌 무대 경험도 꽤 있을 거 아니야. 호빠(호스트바)에선 그런 거 안 시켜?"

"이거하고 그건 다르지, 멍청아!"

꽤 긴장한 모양인지 한 손에 가사를 들고 다리를 떠는 우형. 그의 그런 모습을 보고 동현은 작은 실소를 터뜨리며 말했다.

사실 긴장을 하지 않는다는 말은 거짓말이다.

SMS로 신청하는 1차에서도 잔뜩 긴장했는데, 지역 예선에서라면 더욱 긴장하는 것이 당연한 것 아닌가.

하지만 동현은 내색하지 않았다.

"긴장할 필요 없어. 그냥 즐기면서 해. 우리가 실력이 없었다면 그쪽에서도 캐스팅하지 않았을 거 아니야."

덤덤한 표정으로 말하는 그의 행동에 우형은 헛웃음을 자아내더니 물을 들이켰다.

"네 말이 맞다! 유동현 주제에 웬일로 옳은 소리를 다 하냐. 손발이 오그라들겠네."

"죽는다, 너."

우형의 말에 가볍게 대꾸해 준 동현은 눈을 돌려 참가자들을 바라보았다.

동현의 눈에 들어온 참가자들은 두 부류로 나뉘었다.

딱딱한 표정을 하고 의자에 앉아 다리를 떨며 연신 물을 들이켜는 사람.

그리고 긴장이라는 단어는 자신과 거리가 멀다는 듯 느긋한 표정으로 이리저리 둘러보거나 자신의 친구들과 수다를 떨고 있는 사람으로 조화가 이루어지고 있었다.

동현은 사람들을 살피던 것을 멈추고 여전히 물을 들이켜는 우형에게 눈을 돌렸다.

"긴장하면 떨어질 가능성이 높은데."

"긴장 안 했거든!"

"입 바짝 말라서 그런 말 하면 신빙성이 전혀 안 느껴지거든."

낮게 키득거리며 말하자 우형은 동현을 노려보며 길게 심호흡했다. 한참을 수다를 떨며 완전히 긴장을 풀어가고 있을 때 한 스텝이 나와 큰 소리로 외쳤다.

"참가 번호 320번부터 325번은 3번 방 앞에서 대기해 주세요!"

스텝의 말에 동현과 우형은 자리에서 일어나 3번 방 앞으로 향했다.

"들리냐?"

앞 참가자가 방 안으로 들어가자마자 문에 얼굴을 딱 붙인 채 안의 소리를 들으려는 우형. 동현의 물음에 그는 고개를 살짝 끄덕였다.

눈에 확 띄는 실력자는 드물지만 특이한 목소리를 가진 사람들이 몇 있어 동현은 자신도 모르게 그들의 목소리에 귀를 기울였다.

"와, 올핸 실력자들이 엄청 많네."

방문 앞에 귀를 대고 참가자들의 노래를 듣던 우형은 순수한 감탄을 내뱉었다.

"다음이 네 차례네."

동현은 정신없이 참가자의 노래를 감상하는 우형에게 말했다. 동현의 말에 우형은 완전히 긴장을 떨쳤는지 평소의 얼굴로 고개를 끄덕였다.

잠시 후 방 안에 있던 참가자가 방을 빠져나오자 우형은 빠른 속도로 가사를 살피더니 방 안으로 들어갔다.

동현은 우형이 방 안으로 들어감과 동시에 마나를 귀에 집중시켰다. 일순 느껴지는 주위의 웅성거림에 귀가 찢어질 듯 아파왔으나 재빨리 잡음을 막아 귀의 손상을 막았다.

몇 초의 침묵 후 우형이 자신의 소개와 간단하게 심사위원과 말을 나누는 소리가 들렸다. 그리고 잠시 후 우형의 목소리가 들려왔다.

자신의 색이 또렷한 목소리. 은근한 파워가 느껴지면서도 울림이 강하고 웅장한 느낌이 마치 베이스 같다는 느낌을 자아냈다.

"예, 거기까지 듣도록 하겠습니다."

일절이 거의 끝날 때쯤, 심사위원이 그만 불러도 좋다는 말을 한 후 저희들끼리 간단히 의견을 주고받았다. 그들의 말을 들은 동현은 입가에 미소를 지으며 귀에 집중 시켰던 마나를 끊었다.

"다음 참가자, 준비해 주세요!"

스텝의 말에 동현은 눈으로 가사를 스윽 훑고는 우형이 나오길 기다렸다.

"축하한다."

방에서 막 나오는 우형. 그는 안면 가득 미소를 머금고 있었다. 동현은 그의 어깨를 두어 번 두드린 후 우형이 무어라 말하기도 전에 방 안으로 발걸음을 옮겼다.

"안녕하세요, 유동현입니다."

동현은 인사를 하며 방 안을 주욱 훑어보았다.

정면에 놓인 작은 카메라. 그 뒤에 앉아 있는 세 명의 심사위원이 하나의 차트를 갖고 그곳에 합격인지 불합격인지를 체크하고 있었다.

"간단하게 1절 중간까지만 부르는 걸로 하겠습니다. 그만하라고 할 때 그만해주시면 되요."

스텝의 말에 동현은 작게 고개를 끄덕이며 슬쩍 목을 풀었다. 심사위원들은 그런 동현을 보고 저들끼리 속닥였는데, 동현은 그들의 말에 관심없다는 듯 노래를 시작했다.

동현은 작게 숨을 내쉬며 입을 열었다.

벌려진 입술 사이로 흘러나오는 동현의 목소리.

곡에 맞게 속삭이듯 말하는 음색에서 강한 부드러움이 느껴져 듣는 사람의 귀를 포근하게 만들어주었다.

"하, 합격. 데스크에서 3차 오디션 관련 자료를 받아 가시기 바랍니다."

"감사합니다."

동현은 스텝들에게 살짝 웃어 보이며 인사를 한 후 방 안에서 빠져나왔다. 뒤에서 동현의 외모와 노래 실력을 칭찬하는 소리가 들려왔지만 동현은 애써 무시하며 자신을 기다릴 우형에게 다가갔다.

“연 실장님이 너 캐스팅한 이유를 알 것 같아.”

방문 바로 앞에 있는 우형에게 다가가자 그는 황홀한 표정으로 엄지손가락을 추켜세웠다. 그의 행동에 동현은 부끄러운 듯 뒷머리를 긁적이며 말했다.

“비행기 태우지 마. 즙 하나 안 떨어지니까.”

“귀염성 없기는. 그럴 땐 그냥 고맙다고 받아치는 거야.”

우형은 동현의 가슴을 툭 치며 웃어 보였다.

한참 수다를 떨며 데스크가 어디 있을지 주위를 둘러보고 있을 때 주위가 웅성거렸다.

처음엔 데스크를 찾느라 주위의 소리를 신경 쓰지 않았지만 데스크에서 3차 오디션에 관한 간단한 설명을 다 듣게 되자 그제야 주위의 소리가 들렸다.

“와, 저기 서 있는 저 두 사람, 완전 잘생기지 않았냐?”

“누구?”

“저기 데스크 앞에 두 사람.”

“대박 개 쩔어. 2차는 이미 합격했나 봐.”

작게 수군거리는 것도 아닌 들으라는 듯 말하는 커다란 목소리에 동현은 슬쩍 미간을 찌푸렸다.

“인상 펴. 지금부터 팬 관리해야지.”

우형의 말에 동현은 작게 한숨을 내쉬고는 동현의 근처에서 둘의 외모를 갖고 떠들어대는 이들에게 작게 고맙단 인사를 전했다.

인지도를 쌓으려 일부러 다가가지 않아도 된다. 그저 다가오는 시선들을 물리치지 않고 가볍게 대꾸해 주면 되는 일.

"나이트 일 안 했으면 큰일 날 뻔했네."

동현은 우형에게만 들릴 정도로 작게 속삭이며 말했다. 그의 말에 우형은 작게 웃으며 동현의 어깨를 두어 번 치며 말했다.

"안 했으면 지금 네가 어떻게 행동했을지 머릿속에서 대충 상상이 가."

우형은 킥킥 웃으며 동현을 살살 놀렸고, 그런 그의 행동에 동현은 가볍게 그의 등을 가격했다.

"야야야야, 아파! 아파, 인마!"

"엄살은. 살짝 때린 게 뭐가 아프다고 호들갑이냐."

"충분히 아프거든. 빨리 가자. 여기 너무 사람이 많아."

우형의 말에 동현 역시 동감한다는 듯 고개를 끄덕이며 3차 관련 서류를 들고 오디션장을 빠져나왔다.

"후아, 후련하다!"

사람이 북적북적 곳을 빠져나오자 숨통이 확 토이는 기분에 동현과 우형은 후련하다는 듯 크게 숨을 들이켰다.

"내일부터 바로 연습해야겠네."

우형의 말에 동현은 고개를 끄덕였다.

3차 오디션은 2주일 후.

　3차 오디션은 앞선 예선과 달리 2인 1조로 묶어 선별 과정이 이루어진다. 그리고 이때는 앞선 것과 달리 별도로 각자 팀 별로 편곡을 가지고 노래를 하게 되는 것이다.

　페어가 있는 사람은 오늘 오디션이 끝나고 연락이 갔을 때 얘기를 하면 되고 없는 사람은 Dream Star 측에서 묶어준다고 한다.

　"우리 둘은 페어가 있으니까 그나마 시간은 절약할 수 있겠네."

　올 시즌은 늦게 시작한 만큼 빠르게 진행하겠다는 것이 오디션 관계자 측의 말이다.

　그 때문에 참가자들은 빠른 시간 내에 다음 오디션 준비를 해야 했지만, 이미 페어가 짜여 있는 동현과 우형은 그나마 하루의 시간을 번 셈이다.

　"곡은 뭐로 할 건데?"

　"몇 개 목록을 뽑아놓긴 했어. 시간 있지?"

　우형의 물음에 동현은 고개를 끄덕였다. 어차피 남는 것은 시간.

　3차부터는 개인 편곡으로 오디션을 봐야 하기 때문에 동현과 우형이 편곡을 해야 했다. Dream Star 규칙상 다른 사람에게 편곡을 부탁해도 되지만 동현의 친구 중에는 편곡을 할 줄 아는 사람이 없었다.

　"어디서 할 건데? 우리 집은 여기서 먼데."

"우리 집도 멀지."

우형의 말에 동현은 머리를 긁적이며 주위를 둘러보았다.

장소상으로 보면 이곳에서 제일 가까운 곳은 동현이 일하는 나이트.

우형이 일하는 호스트바는 어디인지 모르니 일단 이곳에서 가장 가까운 곳은 동현의 직장이었다.

"그럼 나이트클럽으로 가자."

"나이트? 이 대낮에? 그런 데서 집중이 되려나?"

"내가 일하는 곳으로 가자고. 아침에는 영업 안 하니까."

"문 닫았으면 못 들어가지 않아?"

"방법이 다 있지."

동현은 짧게 대답하고는 발걸음을 옮겼다.

지금이 오후로 접어들어 가려는 시간이라 하더라도 한결 만큼은 나이트클럽에 남아 있으리라.

깨어 있을지 아닐지는 미지수이지만.

"여기가 네가 일하는 곳이야?"

오디션장에서 10분가량 걸어서 도착한 곳은 수많은 유흥업소 사이에 있는 커다란 나이트클럽이었다.

"의외로 큰 데에서 일하는구나."

"의외는 뭐냐, 의외는."

"그런데 이런 곳, 아침엔 주로 악의 소굴이 되지 않냐?"

"영화 작작 봐라."

동현의 가벼운 대꾸에 우형은 입술을 쭉 빼며 작게 투덜거렸다.

대낮에 정문으로 들어가면 당연히 문이 잠겨 있을 것이니 동현은 뒷문으로 발걸음을 옮겼다.

덜컹!

"역시 잠겨 있네."

설마했지만 역시나 뒷문도 잠가두나 보다.

"어떻게 들어가려고?"

동현은 우형의 물음에 답하지 않은 채 한결에게 전화를 걸었다.

안에서 말소리가 들리지 않는 것을 보면 자고 있는 것 같지만 동현은 괘념치 않았다.

몇 번을 전화를 걸었을까, 신경질적인 한결의 목소리가 핸드폰 너머에서 들려왔다.

―왜! 왜! 왜!

"뒷문 열어줘요."

―이 시간에 왜 온 건데?

"할 일이 있어서요. 빨리 뒷문 열어요."

―예의없는 놈…….

한결은 다 죽어가는 목소리로 한마디를 남긴 후 예고 없이 전화를 끊어버렸다.

"주무시고 계셨던 거 아냐?"

“맞는 것 같은데?”

우형의 말에 가볍게 대꾸해 주고 있을 때 덜컹거리는 소리와 함께 신경질적으로 뒷문이 열렸다.

“잠 좀 자자! 넌 잠도 없냐!”

“벌건 대낮에 무슨 잠이에요.”

“우리한텐 아침이 밤이다. 넌 일하고 갔으면서 왜 이리 멀쩡하냐.”

“형처럼 늙지 않았으니까요.”

동현은 가볍게 대꾸하며 인상을 쓰고 있는 한결의 미간을 누르며 말했다.

“인상 쓰면 더 빨리 늙어요. 이제 들어가서 주무세요.”

“이미 잠 다 깼어! 한 시간만 눈 붙이려고 한 건데.”

한숨을 푹푹 내쉬는 한결.

아무래도 사장님이 시킨 일이 있는지 한결은 홀로 들어서자마자 카운터로 가 장부를 꺼내 들었다.

“그거 조금 있다가 제가 할 테니 들어가서 쉬세요.”

“됐어. 너한테 시켰다간 무슨 일이 일어날지 몰라. 근데, 옆에 재는 누구냐?”

한결의 물음에 동현이 대답하기도 전에 우형이 나서서 말했다.

“안녕하세요. 동현이랑 같이 Dream Star 대회 참가하는 이우형이라고 합니다!”

방긋 웃으며 말하는 우형의 말에 한결은 눈을 흡뜨며 말했다.

"Dream Star 오디션? 유동현 너 그거 안 나간다며 결국 나갔냐?"

"안 나간다는 말은 안 했는데요."

살짝 당황했다는 듯 시선을 피하며 말하는 동현의 행동에 한결은 눈을 비비며 작게 웃었다.

"그래, 자기가 하고 싶어 하는 걸 하는 게 제일 좋은 거야."

한결은 입을 쩍 벌리며 하품을 하고는 얼음을 넣은 냉수를 쭉 들이켰다.

"이우형이라고 했나? 유동현은 함부로 이런 곳에 사람 데려올 애가 아닌데……. 혹시 이쪽 계열?"

우형의 차림새와 얼굴을 쭉 훑어본 한결이 동현에게 물었다. 동현은 살짝 고개를 끄덕이며 말했다.

"그렇긴 한데, 사람 그렇게 대놓고 훑어보는 거 실례예요."

"애들 면접 볼 때 습관이 생겨서. 미안."

한결은 사람 좋아 보이는 표정으로 호탕하게 웃으며 우형에게 미안하다는 뜻을 전했다.

보통 사람이라면 가볍게 사과의 말을 던지는 한결의 태도에 미간을 찌푸렸겠지만 오히려 우형은 서글서글한 표정으로 맞받았다.

"근데 이렇게 일찍 왜 온 거야? 동현이 넌 이 시간에 원래

도서관에 있어야 하지 않냐?”

“그런 게 있어요.”

“말 안 해주면 내쫓는다.”

“…오디션 준비해야 하는데 가까운 곳이 여기밖에 없어서
온 거예요.”

머리를 긁적이며 말하자 한결은 눈을 홉뜨며 물었다.

“Dream Star이면 오늘 2차였을 텐데, 준비하는 거면 3차?”

“네, 근데 오늘 2차인 건 어디서 주워들으셨어요?”

“내 친구도 오디션 나갔거든. 근데 3차 준비면 예선은 합격
했다는 소리?”

눈을 동그랗게 뜨며 물어오는 한결의 물음에 동현과 우형
은 자랑스럽다는 표정을 지으며 고개를 끄덕였다.

“다른 오디션 프로그램이면 몰라도 Dream Star는 2차도 빡
세다던데…….”

“거기까진 저도 잘 몰라요.”

한결의 말에 가볍게 대꾸한 동현은 이제 자신들의 일을 보
겠다며 멀뚱히 서 있는 우형을 데리고 자리를 잡았다.

“일단 형도 피곤하고 너도 나도 둘 다 밤에 일해서 피곤하
니까 간단하게 하고 끝내자.”

“오늘 잠은 포기해야 할걸.”

“왜?”

“할 게 많거든.”

　씨익 웃으며 말하는 우형의 말에 한결은 옆에서 키득거렸
고 동현은 긴 한숨을 내쉬었다.

　마나로 인해 피곤을 많이 느끼진 않지만 마나만으로는 한
계가 있는 법.

　또한 유그아닌이 입이 닳도록 말하지만 마나만 의지하다
간 정작 나중에 큰일을 당했을 때 봉변을 당할지 모르니 수면
이나 체력 면은 직접 관리를 해야 한다고 했다.

　"그래서, 뭘 해야 하는데?"

　"일단 이 열 곡 중 네가 괜찮다고 생각하는 것 몇 개만 골라
봐."

　동현의 물음에 우형은 기다렸다는 듯 핸드폰을 뒤적거려
노래를 틀었다.

　몇십 분가량이 흐르고 흘러 우형의 핸드폰에서 나오는 노
래가 딱 열 곡째 되었을 때, 동현은 고개를 끄덕였다.

　"이것까지 네가 고른 게 세 곡. 여기서 또 추려야 하는
데……."

　"마지막 게 제일 나아."

　"그래? 그럼 마지막 걸로 해?"

　"왜 내 의견만 반영해? 네 의견은 없는 거냐?"

　"어차피 이 열 곡을 추려온 건 나니까, 의견 반영이 제일 잘
된 사람은 난데?"

　우형의 말에 동현은 할 말 없다는 듯 가볍게 고개만 끄덕이

며 물었다.

"그래서 이 다음엔 편곡인데, 너 편곡할 줄 알아?"

동현의 물음에 우형은 해맑은 표정으로 아니라고 말했다.

"어떻게 하려고?"

"후후후, 그럴 줄 알고 내가 1차 오디션 끝나고 잠깐 기간 남았을 때 프로듀서 한 명 섭외해 놨지!"

"네가?"

"당연하지."

놀랍다는 동현의 표정에 우형은 의기양양한 표정을 지으며 자신을 따라오라며 손짓했다.

"어떤 사람인데?"

"어쩌다 알게 된 사람인데 음악 쪽에 꽤 평판이 좋은 사람이야. 천성적으로 과묵해서 말도 별로 없으셔서 일 외의 것은 신경 안 쓰셔."

어쩌다가 알게 됐다는 말과는 달리 프로듀서의 이야기를 하는 우형의 눈에는 존경심이 깃들어 있었다.

"그럼 그 사람이 우리가 부를 곡 편곡해 주는 거야?"

"응."

우형의 말에 의하면 그 프로듀서가 편곡할 곡을 정했으면 바로 가지고 오라고 했다며 자리에서 벌떡 일어났다.

바로 출발하자는 의미다. 동현은 이런 간단한 것으로 한결을 깨운 것에 대해 미안함을 담아 그에게 인사를 건넨 후 우형을 따라 나이트클럽을 빠져나왔다.

거리로 나온 동현과 우형은 편곡을 해줄 프로듀서를 만나기 위해 택시에 올라탔다.

택시를 타고 약속 장소로 갈 때까지 우형에게 프로듀서에 대한 짤막한 설명을 들었다.

아까 동현이 딱 집어 고른 곡 세 개가 모두 한 사람이 작곡한 곡이라는 것, 그가 바로 현재 둘이 만나러 가는 사람이라는 이야기였다.

그 말을 처음 들은 동현은 놀랐다는 듯 정말이냐고 몇 번이고 그에게 되물었다.

동현이 고른 세 곡은 곡마다 비슷한 감이 조금도 없었다. 놀라지 않고는 못 배길 실력자.

무슨 곡이든지 간에 한 사람이 작곡하는 곡이라면 비슷한 감이 조금이라도 생기게 마련이다.

하지만 그 프로듀서가 작곡한 곡은 각각 곡마다 독창적이고 개성있는 곡이었기에 동현은 그 곡이 한 사람에게서 나온 것이라 생각지 못했다.

동현은 자신이 고른 세 개의 곡을 머릿속에 몇 번이고 되뇌고 있을 때 우형이 다 왔다며 택시비를 지불하고 먼저 차에서 내렸다.

"종혁이 형, 오랜만이야."

차에서 내리자마자 눈에 들어온 것은 입구에서 둘을 기다리고 있는 한 남성.

염색으로 인해 머리엔 살짝 붉은 기가 돌았고 나이는 얼추 잡아 30대 초반, 아니면 중반 정도 되어 보였다.

동현이 종혁을 바라보고 있자 종혁 역시 동현의 시선을 눈치챘는지 우형에게 이자는 누구냐는 듯한 시선을 보내왔다.

"같이 온다고 했던 애."

"Dream Star?"

"응."

말하는 투나 서로의 표정을 보니 '우연히 알게 된 사람'이라기보다는 꽤 사이 좋아 보이는 사람 같았다.

우형의 말에 프로듀서는 느긋이 동현을 바라보며 악수를 청했다.

"안종혁."

"유동현입니다."

동현은 내민 손을 맞잡고 자신의 이름을 말했고, 종혁은 그런 동현의 말에 잘 부탁 한다는 말을 남기고는 둘을 안으로 안내했다.

종혁의 집은 2층으로 구성되어 있었다.

지하에는 작업실, 1층은 생활공간과 부엌, 그리고 2층은 손님방 등 꽤 큰 집에서 살고 있었다.

"편곡 좀 부탁하려고. 3차 때 동현이랑 같이 나가는데 둘

다 편곡하는 방법을 잘 몰라서 말이야."

"파일은?"

"당연히 챙겨 왔지."

우형의 말에 종혁은 준비성도 철저하다고 중얼거리며 그에게서 USB를 건네받았다.

USB를 받아 든 안종혁은 자신이 작곡했던 곡이라는 것을 알고 조금은 뿌듯한 표정을 지으며 우형에게 물었다.

"일부러 이 곡 한 거야?"

"아니, 열 곡 중에 한 개 하기로 했는데 동현이가 이거 골랐어."

우형의 말에 안종혁은 동현을 바라보며 살짝 고개를 끄덕였다. 유명한 사람이라 하더라도 자신의 곡을 누군가가 불러 준다는 것이 뿌듯한 것은 모두 같은가 보다.

"우형아."

"응?"

"KD에서 시켰냐?"

컴퓨터를 만지작거리며 말하는 안종혁. 정곡을 찌르고 들어오는 안종혁의 물음에 우형은 어색한 미소를 지어 보이며 살짝 고개를 끄덕였다.

"하긴, 이미 연습생인 애가 오디션 나가는 거면 거기서 시켰겠지."

우형이 연습생이라는 사실을 알고 있는 것을 보면 둘의 사이가 생각했던 것보다 돈독하다는 것을 느낄 수 있었다.

전에 우형이 한 말 중, 자신의 친구들 중 본인이 연습생인 것을 아는 사람은 극히 적다고 했으니까.

하기야 연습생인 사람이 호스트바에서 일하고 있는 것을 알면 좋은 시선을 받기 어려울 테니 말이다.

밤일하면서 어떻게 연습까지 하냐며 안 믿을 가능성도 높고 말이다.

종혁은 우형을 걱정스러운 시선으로 바라보다가 이내 고개를 저으며 시선을 다시 모니터로 향했다.

"…거기 이사, 돈지랄 났는데."

"돈지랄이라니?"

"있어. 직접 경험해."

종혁은 집적 경험하는 것이 말로 백번 하는 것보다 낫다는 듯 아무런 말도 해주지 않은 채 작업에만 열중했다.

"어떤 식으로 해줘?"

"음, 동현이 녀석 음역대를 아직 내가 확실하게 몰라서. 오늘 아침에 문을 사이에 두고 들은 게 처음이거든. 내가 형처럼 듣는 귀가 있는 것도 아니고 형이 직접 들어보고 판단하는 게 낫지 않을까?"

우형의 말에 종혁은 미간에 주름을 깊게 박아 넣으며 우형을 노려보았다.

"그런 눈으로 보지 마. 그래도 KD에서 캐스팅도 됐고, 2차도 합격할 정도니까 실력은 있어.”

제대로 들어본 적 없으니 동현의 실력을 알 리가 만무. 춤을 추면서 노래를 부를 때 음이 흔들리지 않게 하기 위한 연습만 해왔기에 우형은 동현의 제대로 된 노래를 들어본 적이 없다.

“시끄럽고, 둘 다 부스로 들어가 봐.”

동현과 우형이 부스 안으로 들어가 자리를 잡자마자 둘의 귀에 익숙한 멜로디가 스피커에서부터 흘러나왔다.

아까 동현이 들어보고 3차 오디션 때 이것을 하자고 선택한 곡이다.

어찌 보면 오늘 처음 듣는 곡이지만, 아까 우형이 잠든 두 시간 동안 지겹게 같은 노래만 반복해 들었기에 가사나 음은 모두 외웠다.

“음?”

몇 소절의 음을 들어보던 동현은 무언가 이상함을 느꼈다.

곡 자체엔 아무런 변화가 없었지만 기존 곡보다 음이 한 키 정도 높았다.

하지만 동현은 음이 다르든지 말든지 신경 쓰는 기색은 눈곱만큼도 없었다. 오히려 음을 듣고 후에 올 음을 파악하고 있었을 뿐.

반주가 끝나고 스타트 부근에 돌입하자 우형이 먼저 입을 열었다.

색이 또렷한 목소리. 은근히 파워풀한 보이스이면서도 울림이 강하고 웅장한 느낌이 마치 베이스 같다는 느낌을 자아냈다.

아까 오디션에서 들었던 목소리보다 더욱 청아함이 강조된 듯한 기분.

역시 아까 오디션 땐 긴장 때문에 자신의 본 실력을 모두 발휘치 못했던 것이다.

우형이 자신의 파트를 끝내자 우형의 목소리와 음에 집중하던 동현은 조용히 숨을 들이켰다.

부스 안에 동현의 목소리가 울려 퍼졌다. 부드럽고 감미롭지만, 곡에 맞게 톡톡 쏴주는 맛이 있는 보이스.

한 옥타브 높은 곡이라고는 했지만 동현은 아무런 무리 없이 깔끔하게 고음까지 처리해 냈다.

"됐어."

1절 정도를 부르자 종혁이 마이크에 대고 나와도 좋다고 했다.

"아까도 들었지만 대단하네. 목소리는 둘째치고 어떻게 한 옥타브가 높은 노래 고음 처리를 그렇게 하냐."

우형은 놀랐다는 듯 동현을 향한 칭찬을 멈추지 않았다.

"너도 목소리 좋던데, 웅장하고. 듣기 좋아."

동현을 뒷머리를 긁적이며 우형의 실력을 칭찬했다. 다른 사람이 보기엔 극찬도 아니고 그저 가볍게 내뱉은 말로 보이

겠지만, 동현의 성격을 아는 우형은 만족스럽다는 듯 미소를
지어 보였다.

"음역대가 다양하네."

종혁은 동현을 흥미롭다는 표정으로 바라보았다.

동현의 음역대는 종혁의 말대로 참 다양했다. 중음부터 고
음까지 별다른 기교를 부리지 않아도 올릴 수 있을 정도의 실
력.

그렇다고 해서 우형의 음역대가 좁다는 말은 아니었다.

저음부터 시작해 중음까지.

우형은 동현이 내기 힘들어하는 음을 잘 냈으며 매력적인
보이스를 지녀 그것을 아주 잘 활용하고 있었다.

종이에 둘의 목소리의 특징을 적어 내려가던 안종혁이 동
현을 바라보며 말했다.

"너 담배 피우지? 그리고 혹시 목이 약하거나 하지 않아?"

종혁의 물음에 동현은 몸을 움찔하며 어색한 미소를 지으
며 대답했다.

"예."

"담배는 하루에 어느 정도?"

"그냥, 이삼 일에 두 대 정도……."

"끊어라. 목소리가 거칠다. 그런 음을 낸 게 신기할 정도
네. 노래 부를 땐 몰랐는데 말하니까 티가 나. 목이 그렇게 상
했는데 말이야."

　4옥타브. 실력을 가진 남자 가수라면 간단하진 않지만 그
럭저럭 낼 수 있는 정도의 음.

　보통은 노래를 부를 때 담배를 폈는지 피지 않았는지 티가
나지만 동현은 평소 말을 할 때 티가 났다.

　‘계약 때문인가.’

　생각해 보면 요즘 들어 마나를 쓰지 않아도 노래를 부를 때
들리는 목소리가 조금 변한 것 같은 느낌을 받긴 했다.

　아마도 다른 신체가 좋아지면서 담배로 인해 더욱 나빠지
고 있던 성대도 더 좋아지고 있는 것이겠지.

　‘꽤 유용하구나.’

　혼자 계약의 장점을 상기했을 때 유그아닌이 입꼬리를 말
아 올려 사뭇 비웃음이라고 해도 과언이 아닐 정도의 표정을
지으며 말했다.

　[그러게 내가 계약하자고 몇 번을 말하지 않았나? 말을 안
듣고 질질 끌더니 이제야 깨달았나?]

　‘이제 잘 알겠으니까 조용히 해주세요.’

　동현이 가볍게 투덜거리며 종혁에게 고개를 돌리자 그는
길게 하품을 하며 말했다.

　“편곡은 내일까지 해줄게. 둘 중 한 명만 이 시간에 와.”

　종혁은 말을 하고 우형과 동현에게 어서 가라는 듯 제스처
를 취했다.

　그의 행동에 우형은 나중에 술 한잔 사겠다며 동현을 데리

고 종혁의 집을 빠져나왔다.

"부탁만 하고 나와도 괜찮아? 죄송한데."

"형은 자기 집에 누가 오래 있는 거 별로 안 좋아하시거든."

우형은 키득거리며 팔목에 채워진 시계를 쳐다봤다.

"다행히 시간이 많이 남았네. 난 미리 들어가서 좀 자야겠다. 나중에 내일 곡 받고 연락할게. 폰 꺼놓지 마!"

"어. 잘 가라."

*　　*　　*

[찾고 있었다, 나의 숙주여.]

사람이 잘 다니지 않는 좁은 골목.

한 청년이 누더기 옷을 입고 얇은 요를 뒤집어쓴 채 골목길에 쭈그려 앉아 있었다.

"뭐지?"

알 수 없는 이상한 목소리.

청년은 처음 들어보는 생소한 단어와 목소리, 그리고 억양에 주위를 둘러보았다.

헤일드는 청년이 자신의 말을 알아들을 수 없다는 것을 알고 그의 머리에 손을 얹은 채 짤막한 주문을 외웠다.

주문이 끝나자 헤일드의 손끝에서는 밤과 너무나 잘 어울리는 어두운 빛이 터져 나왔다.

청년은 느닷없이 다가와 이상한 말을 중얼거리고 자신의 머리에 손을 얹은 헤일드의 행동을 이해할 수 없었지만, 이틀 이상을 굶은 그로서는 반항할 힘이 없었다.

[알아듣겠나?]

저음의 목소리. 듣기 좋은 목소리임에도 불구하고 청년에게는 공포로 다가왔다.

[알아듣겠냐고 물었다.]

재차 확인하는 헤일드의 말에 청년은 고개를 강하게 끄덕였다.

[좋아, 나와 계약하도록 하지.]

"계약?"

청년이 미간에 주름을 잡았다.

계약. 이제 듣기만 해도 치가 떨리는 단어다.

"내가 왜 당신과 계약을 해야 하지?"

처음에 느꼈던 공포 따위는 사라진 지 오래.

그의 가슴에 자리 잡고 있는 증오만이 어두운 기운을 뿜어내고 있을 따름이다.

헤일드는 처음과는 다른 기운을 뿜어내는 청년의 모습을 보고 헛웃음을 치며 그의 머리를 붙잡았다.

청년은 그런 헤일드의 행동에 놀라 몸을 부르르 떨었지만, 헤일드는 아무런 내색도 하지 않은 채 다시금 주문을 중얼거렸다.

기억을 읽는 마법.

2~3서클 정도에 오르면 배우는 마법.

하지만 이 마법은 극도의 정신력을 소모하고 자칫하면 두 사람 모두의 뇌에 손상을 일으킬 수 있으므로 거의 5~6서클에 이른 사람들이 사용한다.

[사기를 당했었나 보군. 네놈은 내가 그런 치졸한 인간들과 같다고 생각하는 겐가?]

낮은 으르렁거림이 울려왔다. 청년은 몸을 떨며 헤일드를 올려다보았고, 그는 입가에 비릿한 미소를 걸쳤다.

[내가 하자는 계약은 종이쪼가리에 쓸데없는 문항을 써넣고 사인을 하는 그런 치졸한 것이 아니다. 절대적인 것이지.]

마력을 담고 말하는 헤일드의 행동에 청년은 푹 숙였던 고개를 들어 그를 응시했다.

[계약하도록 하지.]

"계약을 하면… 나에겐 무슨 이익이 있지?"

[후회스럽지 않은 삶을 살게 해주지, 네놈이 전에 살던 것보다 더욱 호화스러운 삶을.]

말도 안 되는 소리. 누가 듣는다면 놀려대고 웃을 만한 이야기임에 틀림없었다.

하지만 청년은 말도 안 되는 헤일드의 말을 경청하며 그의 말 한마디 한마디에 반응했다.

"조건은, 계약 조건은 무엇이지?"

[조건? 그런 것은 필요없다. 아까 말했을 텐데. 너희가 하는 치졸한 것과는 다르다고.]

"난 가진 것이 단 하나도 없다. 밥도 이틀 동안 못 먹었고, 단 한 푼도 없지. 그런데 이런 나에게 계약을 하자는 이유가 뭐지?"

하소연하는 듯한 청년의 물음에 헤일드는 커다랗게 웃음을 터뜨리며 말했다.

비웃음이었다.

[이유? 그것은 간단하다! 내가 널 필요로 하기 때문이지. 필요없는 말은 존재 가치가 없다. 하지만 넌 필요 가치가 있지. 재차 묻겠다. 계약을 하겠는가?]

헤일드의 물음에 청년은 입을 다물었다.

계약. 그로서는 듣기조차 싫은 단어다.

서민층에 머물던 청년의 가족들이 몇 년간을 노력해 모은 막대한 재산과 빌딩.

그것을 계약 하나로 모두 날려 길거리에 나앉아 버렸다.

아버지는 겨울이 다가오는 추위를 견디지 못해 돌아가신 지 오래고 누나라는 작자는 어디론가 도망가 자신 혼자 남았다.

그런 자신에게 이질적인 존재감을 풍기는 사람이 나타나 '계약' 을 하자고 한다?

말도 안 되는 일이었지만, 청년으로서는 지푸라기라도 잡아야 했다.

"이제 잃을 것도 없다. 가져가려면 목숨이라도 가져가던지. 계약을… 하겠다."

쥐어짜는 듯이 말하는 청년의 목소리에 헤일드는 세상이 떠나가리만큼 커다란 웃음소리를 냈다.

[좋은 결정이다. 나 대륙 최고의 흑마법사 헤일드가 이 자리에서 맹세한다. 너는 내 계약자가 되어 내 소멸을 막고, 나는 네가 원하는 것을 이루어줄 것이다!]

헤일드가 말하자 그의 손목과 청년의 손목에는 핏빛 같은 검붉은 빛이 환하게 일어나기 시작했다.

얼마 있지 않아 그 빛은 사그라졌고, 두 사람의 팔에는 붉은빛의 족쇄가 채워져 있었다.

[이름이 뭐지?]

"찬호, 민찬호다."

Chapter 06
준비 그리고 3차 오디션

"3미터 앞 햇빛 아파트 1203호, 저녁은 김치찌개."

[정답일세! 이제 후각을 다루는 것도 능숙해졌구먼!]

유그아닌의 말에 동현은 얼굴을 구기며 코에 집중시켰던 마나를 체내로 퍼뜨렸다.

"이런 쓸데없는 게 수련이라니."

진심을 가득 담아 한심하다는 표정을 지은 동현은 눈을 비비며 바닥에 앉아 식탁 위에 놓인 플라스틱 컵을 빤히 바라보았다.

마나를 운용할 줄 알고, 그것을 이용해 여러 가지 신체 능력을 극대화시킬 줄 알게 되자 유그아닌은 두 번째의 가르침을 주었다.

가까이 있는 물건뿐만이 아닌 멀리 있는 물건 역시 손을 움직이지 않고 움직이는 방법.

단전에 모인 마나를 실오라기 풀 듯 풀어 멀리 있는 물건까지 뻗쳐 들어 올리는 방법이다.

"으으으……."

[노려본다고 해서 되는 게 아닐세. 마나를 실 풀 듯 풀란 말일세!]

"그 실 풀 듯이란 게 무슨 뜻인지 전혀 이해 안 가거든요."

[흐흠, 알아서 해야 하는 문제일세. 마나를 다루기가 괜히 어려운 줄 아는가?]

최근 추상적인 힌트만 주는 유그아닌. 본인은 모든 답을 다 주었다고 말하지만 동현의 머리로는 해석이 불가능했다.

"오늘은 여기까지."

동현은 단전 안에 있던 마나를 안정시키던 길게 하품을 하며 자리에서 일어났다.

[좋은 생각일세. 내가 말한 것을 모르는 이상 아무리 노려봐도 얻는 것은 없을 게야.]

한숨을 푹 내쉬며 한심하다는 듯 바라보는 유그아닌의 표정에 동현은 짜증난단 표정으로 이불을 그에게 집어 던졌다.

"그런 어중간한 힌트를 줘놓고 알려주긴 뭘 다 알려줘요."

[나는 이미 다 알려줬다네.]

어깨를 으쓱이며 방을 활보하는 유그아닌에 동현은 긴 한숨을 내쉬며 바닥에 팽개쳐 뒀던 겉옷을 입고는 말했다.

"어중간하다니까 그러시네."

작게 중얼거리던 동현은 핸드폰을 집어 들고 집을 빠져나왔다.

아직 일을 나가기에는 이른 시간이지만 금요일인 만큼 일찍 나가는 편이 동현에게는 좋았다.

[아직 6시인데 빠르지 않나? 연습 가는 겐가? 운동 가나?]

"일 갑니다, 일."

동현의 말에 유그아닌은 어깨를 으쓱이며 동현의 뒤를 따랐다.

[그러고 보니 자네 월요일이 오디션 날이라 하지 않았나?]

'맞아요. 그래도 저랑 우형이는 불타는 금요일의 희생양이 되겠죠.'

퀭한 눈으로 한숨을 푹 내쉬자 유그아닌은 안쓰럽단 표정으로 동현을 바라보았다.

[그렇게 평범하게 아침에 하는 일을 하면 되지 않았나? 왜 하필 밤에 하는 일을 해서 사서 고생을 하나?]

'원래 다른 사람이 안 하려는 일은 더 돈이 되는 법이거든요.'

동현이 작게 키득거리며 말하자 유그아닌은 고개를 흔들어대며 돈에 미쳤다고 작게 중얼거렸다.

‘다 들려요.’

뚱한 표정으로 유그아닌을 노려보던 동현은 고개를 내젓고는 나이트클럽의 뒷문을 열어젖혔다.

“음?”

직장에 들어서기 위해 문을 열어젖힌 동현은 갑작스레 느껴진 인기척에 황급히 뒤를 돌아보았다.

하지만 동현의 시야에 보이는 것은 바닥을 나뒹굴고 있는 쓰레기뿐. 누군가 보고 있는 것 같은 느낌이 들긴 했지만 간혹 느낀 적 있으니 크게 신경 쓰지 않았다.

[왜 그러시는가?]

‘아무것도 아니에요.’

살짝 고개를 내젓고 안으로 들어가는 동현. 그런 그의 모습을 본 누군가는 주먹을 쥐고 이를 악물었다.

“거짓말쟁이…….”

*　　*　　*

“너, 오디션 월요일이라고 하지 않았냐?”

옷을 갈아입고 홀로 들어서자 한결이 놀랐다는 표정을 지으며 동현을 바라보았다.

그의 물음에 동현은 가볍게 고개를 끄덕이며 덜 맨 단추를 마저 매며 말했다.

"맞는데, 그게 왜요?"

"연습은?"

연습이란 말에 동현은 미간을 확 찌푸리며 답했다.

"충분히 했다고 생각하는데……."

길게 한숨을 내쉬는 동현.

곡이 나오자마자 맹연습에 돌입한 우현과 동현.

바뀐 음색은 그렇다 치고 가사마저 조금씩 바뀌어 외우는 데 애 먹었을 뿐만 아니라 안무 레벨도 조금 높아져 몸을 움직이는 데 힘들었다.

'이우형 녀석은 의외로 빡세고…….'

가수에 대해 엄청난 자부심과 공경심이 있는 우형은 자신이 가수가 될 수 있다는 생각에 연습에 연습을 거듭했다.

동현 역시 연습을 하지 않는 것은 아니지만 우형보다 덜 하는 것은 사실.

그것을 본 우형은 '넌 연습 부족이야!' 라고 하며 자는 시간을 최소로 줄이게 하여 죽어라 연습만 시켰다.

동현의 말에 한결은 박장대소를 하며 말했다.

"이 형님의 복수를 이우형 그 자식이 다 해주는구나!"

"웃지 마세요. 누군 죽을 지경이니까."

동현은 길게 한숨을 내쉬었다. 오디션이 끝나고 KD의 연습생으로 들어가게 된다면 아마 지금보다 더한 연습을 하게 될 것이다.

그에 대한 증거로 동현보다 빡센 연습을 한 우형은 지친 기색이 전혀 없었으니까.

"연예인 되면 험한 꼴 다 당한다던데, 괜찮겠냐?"

"득이 있으면 실도 있는 법이에요. 원하고자 하는 것을 얻으려면 하나를 버려야겠죠."

가수가 되어 모두의 선망이 대상이 되어버린다면 자연적으로 사생활을 버려야만 한다.

아무리 지켜본다고 힘써도 한 사람이 몇 만 명의 힘을 당해내기는 힘드니까.

"사람 하기 나름이겠지. 왜 연예인들 중에서도 자기 관리 꼼꼼히 잘하는 사람도 있잖아."

"그런 사람들은 나름 과거라도 깨끗하죠."

"자기 하기 나름이야. 너도 여기서 일하는 거 나름 불가항력이었잖아."

"다른 선택지는 있었죠. 그래도 후회하진 않아요."

이런 말을 할 수 있는 것도 이 가게 사람들과 친해졌기 때문에 할 수 있는 말.

보통 다른 아르바이트는 웬만해선 자신의 일 아니면 신경 쓰지 않는다.

그것은 누구나 다름없겠지.

게다가 특정 기간 동안 시키고 기간이 되면 서로 남남이 되는 것이 보통.

하지만 이곳은 달랐다.

함께 일하는 직원 모두가 친절하게 대해줄뿐더러 힘든 일이 있으면 서로 도와주려 한다.

지금까지 해왔던 알바와는 천지차이로 다른 이곳에 동현은 안정감과 포근함을 느꼈고, 좋지 않는 장소임을 알면서도 이곳에 있게 된 것이다.

'하지만 오디션이 끝나면 여기도 그만둬야 되겠지.'

우형에게 들은 바로는 연습생으로 들어가게 되면 아침에 눈 뜨자마자 저녁에 눈 감을 때까지 연습해야 한다고 한다.

하루 할당량을 채우지 못할 경우 밤을 새우는 경우도 있다고 한다.

그럴 경우 9시에 출근을 해야 하는 동현은 당연히 일을 나오지 못한다.

우형 같은 경우는 집안 사정 때문에 회사에서 편의를 봐주고 있다고 들었으니 그는 예외였다.

"그래도 오디션이니 이 형이 가주마."

"뭐하러 와요?"

"자식이, 원래 그런 곳엔 따라가는 거야. 합격했을 때 축하해 줘야지. 분명 이우형도 지네 가게 사람 데리고 올걸?"

"…마음대로 하세요. 오든지 말든지."

"플랜카드 들고 가줄게."

"거기까진 참아주세요."

*   *   *

5월 8일 오전 11시.

모든 예선전이 끝난 Dream Star 오디션이 본격적으로 시작되었다.

오디션이 열리는 장소는 올림픽경기장으로 참가자들은 대기실에서 스텝들의 지시를 받아 움직인다.

"역시 Dream Star이네. 사람이 어마어마하구먼!"

대충 눈대중으로 보이는 사람만 해도 십만 명 이상은 되는 숫자. 질릴 정도로 많은 숫자에 동현과 우형은 긴 한숨을 내쉬었다.

"오늘 저녁까지 오디션이 끝나긴 하려나."

"아마 며칠 잡고 오디션 볼걸? 내 친구는 오디션 날이 모레라고 했으니까."

우형의 말에 동현은 납득했다는 듯 고개를 끄덕였다.

하기야 얼핏 들었을 때 이번 오디션에 300만 명 이상이 참가했다고 하는데 그런 대인원의 오디션을 하루 만에 볼 수 있다는 것은 절대로 불가능한 일.

오디션에 합격한 사람이 중도 포기를 하고 오디션장에 나타나지 않았다고 하더라도 적어도 백만 명 정도는 이곳에 모였으리라 생각된다.

"참가번호 501번부터 1,000번까지 분들은 제2오디션장으로 이동해 주세요!"

대기실에 앉아 주최자 측에서 나누어 주는 간단한 식사를 하고 있을 때 꽤 먼 곳에서 스텝들의 소리가 들렸다.

"여기 오디션장 몇 개냐?"

"아마 열 개쯤? 심사위원이 30명이라고 했으니까 아마 열 개일 거야."

흥얼거리며 한쪽 귀에 이어폰을 꽂고 있는 우형의 말에 동현은 고개를 끄덕이며 주위를 둘러보았다.

각 페어끼리 앉아 귀에는 이어폰을 끼고 음을 기억하려 애쓰는 사람들.

그리고 기타를 두드리며 코드를 잊어버리지 않도록, 실수하지 않도록 몇 번이고 반복하는 사람들.

그들의 눈만 보더라도 이 오디션에 얼마나 많은 것을 걸었는지, 어느 정도 희망을 갖고 발걸음을 했는지 대충 알 수가 있었다.

'진짜 많은 사람들이 원하는구나.'

어째서 원하는지는 모른다.

하지만 다른 이들도 자신과 비슷할 것이라고 생각된다.

노래가 좋으니까, 듣기만 하는 것이 아니라 자기 자신도 노래를 부르고 싶으니까, 그 누구보다도 음악에 대한 열정이 있으니까.

[대단하구먼. 하는 것을 보면 무희와 별반 다를 것이 없는데 세계가 어디인가에 따라 이리도 다르다니!]

동현의 집중을 위해 묵묵히 있던 유그아닌도 이번만큼은 신기한지 입을 쩍 벌리며 몰려온 참가자들에 감탄했다.

'무희요?'

동현은 전에도 그가 무희에 관해 입을 열었던 것을 깨닫고 유그아닌에게 되물었다.

[자네가 말한 가수와 비슷하다네. 사람들 앞에서 춤을 추고 노래를 부르며 흥을 돋는 이들이지.]

'그곳은 무희를 하려는 사람이 없었어요?'

[돈벌이가 안 되는 것은 물론이오, 사람들 역시 좋게 보진 않았다네. 마법으로 홀린다고 생각해서 말일세.]

수염을 쓸어내리며 신기하다는 듯 참가자들을 바라보는 유그아닌.

'그래도 음악을 싫어하는 사람은 얼마 없었을 거라고 생각해요. 마법을 썼다고 해도 음악은 음악이잖아요.'

동현의 작은 중얼거림에 유그아닌은 입가에 미소를 박아넣으며 고개를 끄덕였다.

[암! 그렇고말고!]

"멍하니 뭐 해? 우리 제7오디션장이래."

"아, 어."

우형의 말에 동현과 다른 참가자 오백 명은 제7오디션장으로 향했다.

제7오디션장으로 모든 사람이 모이자 스텝들은 각 참가자의 이름을 호명하며 각자 이름이 적힌 스티커를 나누어 주었다.

"지금 나누어 드린 스티커는 배 중앙에 붙여주세요! 그리고 이제부터 오디션 보실 순서를 정하겠습니다! 각 페어 중 한 분은 나오셔서 제비를 뽑아주세요!"

스텝의 말에 먼저 이름이 적힌 스티커를 붙인 동현이 자리에서 일어났다.

"네가 가려고?"

"너 아직 덜 붙였잖아."

"아아, 잘 뽑고 와. 첫 번째만 아니면 돼!"

우형의 말에 동현은 고개를 살짝 끄덕이며 제비를 뽑기 위해 상자 앞으로 다가갔다.

[뭐하시는 건가?]

'제비뽑기요. 상자에 손을 넣어서 먼저 오디션을 볼 순서를 정하는 거예요. 사람이 한둘이 아니니까.'

이제 익숙해진 듯 대수롭지 않게 대답해 준 동현은 자신의 차례가 오자 순서를 뽑았다.

"어……."

종이를 펴보고 굳어버린 동현. 스텝은 동현이 뽑은 종이를 확인하며 물었다.

“한 시간 후에 시작되니까 어디 가지 말고 대기해 주세요.”

얼떨결에 등 떼밀린 동현은 머리를 긁적이며 우형이 있는 곳으로 돌아왔다. 우형은 동현이 돌아오자 즉시 몇 번이냐고 물었고, 그의 물음에 동현은 어색하게 웃으며 말했다.

“듣고 욕하지 마라.”

“몇 번인데?”

“두 번째.”

동현이 입을 열자 이우형의 얼굴을 구기며 말도 안 된다며 정말 두 번째냐고 되물었다.

“진짜 두 번째지, 가짜로 두 번째일 리가 없잖아.”

재차 확인해도 변함없는 동현의 대답에 우형이 동현의 멱살을 잡고 흔들며 말했다.

“야! 뽑으러 갔으면 똑바로 뽑아야 할 것 아니야!!”

강하게 흔들리는 머리에 미간을 찌푸린 동현은 신경질적으로 쳐내며 말했다.

“먼저 하든 늦게 하든 합격만 하면 되는 걸 호들갑이야. 그리고 첫 번째만 아니면 된다고 한 건 너야.”

우형으로 인해 올라간 옷깃을 정리하고 그가 잡은 곳을 탈탈 털어내며 말하자 이우형은 민망한 듯 머리를 긁적이며 답했다.

“야, 아니, 그래도… 솔직히 초반에 하는 게 부담스럽고 긴장되고 막 그런 게 있잖냐.”

"어차피 방송 나가면 그게 그거일 거고, 심사위원들도 몇천 명 이상 되는 사람 목소리 듣고 앉아 있을 텐데 뭔 걱정이야."

"그런가?"

"긴장하지 마. 나까지 긴장되니까."

동현의 말에 우형은 고개를 끄덕이며 긴장으로 인해 손에 난 땀을 바지에 닦아냈다.

"시작까지 얼마나 남았냐?"

"니 시계 봐."

"진짜 넌 연예인 되면 소속사 측에서 그 성격부터 고치라고 할 것 같아."

"너나 잘해. 서비스업에 종사한 사람이 제 성격 하나 컨트롤 못하겠냐?"

무식하다는 듯 혀를 차며 말하는 동현의 말에 우형은 입가에 웃음을 박아 넣으며 동현의 목에 자신의 팔을 걸쳤다.

"하긴 네가 누군데 그런 것 하나 못하겠냐! 2차 때보다 많이 달라지신 우리 유동현님!"

우형의 말에 동현은 어이없다는 듯 웃어 보이며 머리를 정리했다.

"어, 야, 쟤 막둥이 아니야? 동방 나이트."

"어디? 어, 진짜! 야, 저기 막둥이 있어!"

"하긴 쟤 정도 실력이면 이런 데 나와도 되지. 그 옆에 애는 누구야? 잘생겼다.”

여자들의 말은 삽시간 내에 주위로 퍼졌다. 그 순간 동방 나이트의 막둥이를 아는 사람들은 모두 동현을 바라보았고, 순식간에 이목이 집중된 동현은 어색하게 웃어 보였다.

“어, 쟤, 막둥이 옆에 있는 애, 이우형 아니야?”

“네가 말한 그 프렌드 호스트바라는 데서 지명 1위인 애?”

“응, 맞는 것 같애. 둘이 친구 사이인가 봐.”

동현과 우형에 대한 여파는 작지 않았다. 사람들은 동현과 우형에게 인사를 건네기 바빴고, 꼭 3차에 합격하라며 격려를 해주는 사람도 있었다.

덕분이 카메라 앵글이 둘에게 비추어졌고, 둘은 꽤나 당황스러운 표정을 지었다.

어떻게 해야 할지 몰라 당황하며 서로의 얼굴을 바라보고만 있을 때, 동현의 휴대전화가 울렸다.

한결이었다.

오디션장에 도착해 응원자 대기실에서 TV를 통해 보고 있으니 열심히 하라는 내용이었다.

“여기 응원자 대기실 같은 것도 있어?”

“처음엔 없었는데 저번 시즌부터 생겼지. 이 프로그램, 돈 무지막지하게 버니까.”

우형의 말에 동현은 가볍게 고개를 끄덕이더니 알았다는 답장을 보낸 후 휴대폰을 집어넣었다.

동현이 통화를 하는 사이 오디션이 시작돼 동현과 우형으로 인해 시끄러워진 대기실이 조용해졌다. 다행이라는 듯 안도의 한숨을 내쉰 둘은 오디션에 집중했다.

"또 들어보려고?"

"응, 근데 안 들려"

문에 귀를 딱 댄 채 참가자의 노래를 들어보려던 우형은 정말 안 들린다는 듯 어깨를 으쓱이며 문에서 얼굴을 뗐다.

"뭐하러 들으려고 애써? 들리지도 않는 거."

"그렇긴 하네. 너 안무 안 잊어버렸지?"

"너 같으면 그렇게 혹독하게 배운 안무를 까먹겠냐?"

동현은 쉬는 시간도 제대로 주지 않은 채 완벽하게 될 때까지 연습을 했던 때가 생각난다는 듯 질린 표정으로 우형에게 말했다. 우형은 그의 말에 호탕하게 웃으며 말했다.

"4차까지 올라가게 되면 팀으로 돼 춤출 가능성이 높은데 어쩌려고?"

우형의 말에 동현은 신경질적으로 머리를 쓸어 올리며 작게 욕지거리를 내뱉었다.

"다음 분 들어오세요."

안에서 한 여성의 목소리가 들려왔다. 동현과 우형은 서로의 얼굴을 보고 고개를 끄덕인 뒤 방 안으로 발걸음을 옮겼다.

방 안으로 들어서자 여러 스텝들이 서류에 체크를 하고 연습을 할지 안 할지 물어보았다.

"그럼 저 안으로 들어가시면 돼요."

방송에 나오는 자기소개 장면은 문 앞에서 대기하고 있을 때 찍었으니 연습을 하지 않으면 바로 오디션을 보는 것이었다.

"유동현입니다."

"이우형입니다."

자기소개를 하고 보자 우리나라에서 내로라하는 가수 셋이 서류와 동현, 그리고 우형의 얼굴을 번갈아 보며 말했다.

"실물이 훨씬 나으시네."

"아, 감사합니다."

"직업이… 비공개이신데 무슨 사연이라도 있으세요?"

심사위원의 물음도 동현과 우형은 살짝 눈을 맞추고는 작게 웃었다.

지금 밝히든 나중에 밝히든 어떻게든지 들통 날 직업이다. 다른 사람에게 좋게 보이지 않는 직업이라고 하더라도 Dream Star에 참가하고 있는 이상 모두에게 드러날 것이다.

우형은 우물쭈물하다가 입을 열었다.

"저는 호스트바에서 일하고 있고, 동현이는 나이트클럽에서 일하고 있습니다."

우형의 말에 심사위원의 표정이 살짝 굳었다. 동현은 역시라고 생각하며 어색한 웃음을 박아 넣으며 말했다.

"이쪽 분야에 발을 담그게 된 이유는 돈 때문이었습니다."

먼저 자신의 사정을 설명하는 동현. 사실 우형도 동현이 나이트클럽에서 일하는 이유를 처음 듣는 것이기 때문에 그도 경청했다.

대학을 다니던 도중, 다음 학기 등록금을 낼 사정이 되지 못해 군대를 다녀왔다는 것.

그리고 다녀온 후 돈을 벌 만한 곳이 없어 최대한 돈을 빨리 벌기 위해 사람들이 잘 하지 않는 직업을 선택했고, 지금까지 그 일을 하고 있다고 했다.

뿐만 아니라 고등학교를 다니고 있는 동생의 뒤치다꺼리도 하고 있다는 것. 동현의 말에 그들은 대견하다는 표정과 함께 의아함을 표했다.

"혹시 부모님이 안 계신가요?"

"부모님께 손을 벌려볼 생각은 안 하셨어요?"

조심스럽게 물어오는 그의 물음에 동현은,

"어머니는 안 계시고, 아버지와는 사이가 좋은 편이 아니라서요."

그쪽 사정은 이야기하기 뭐하다는 듯 표정이 굳는 동현의 모습에 심사위원들은 고개를 끄덕였다.

"저 같은 경우는 대학은 다니지 않고 있습니다."

우형은 동현과는 대조되게 밝게 웃으며 말했다. 동현은 그 모습에 왠지 모르게 이질감을 느꼈지만 이어 나오는 우형의 말에 그의 말을 경청했다.

"사실 대부분 사람들이 그쪽 분야 일을 하는 건 이성을 지나치게 좋아해서도 있지만, 대부분이 돈이 없어서잖아요."

이유는 같지만 쓰임새는 조금 다르다는 우형. 그는 그에게 소중한 사람이 있어 그 사람이 세상에서 계속해서 살아남을 수 있기 위해 돈을 벌고 있다고 했다.

"어릴 땐 몰랐는데 돈이라는 게 되게 중요하더라고요."

천진하게 웃으며 말하는 우형. 그의 말에 심사위원들은 안쓰럽다는 표정을 지었다.

"아… 예……."

조금은 가라앉은 분위기에 심사위원 중 하나가 조금은 밝아 보이는 표정으로 말했다.

"합격자는 어떻게 정하는지 알고 계시죠?"

삼사위원의 말에 둘은 고개를 끄덕였다.

3차 합격자를 정하는 방법은 세 명의 심사위원 중 두 명이 합격 처리를 해주어야만 했다.

들리는 말에 의하면 다수가 노래를 듣고 좋다고 생각해야 시장에서 먹힌다고 하였다.

하지만 저들에게 몇 백씩의 돈을 쥐어준다면 3차 정도는 합격할 수 있겠지.

3차 오디션에 참가하는 모두가 방송을 타는 것은 아니니까, 그들의 모습을 TV에 비치지만 않는다면 그것은 가능한 일이었다.

"아, 네, 그럼 노래 들어보겠습니다."

심사위원의 목소리가 들려오고 얼마 있지 않아 오디션장 내부엔 종혁이 편곡해 준 MR이 재생되었다.

시작 반주를 제거하고 바로 노래가 시작된다. 스타트 부분의 반주를 모두 제거했기 때문에 자칫하면 음을 놓칠 수 있었다.

하지만 동현과 우형은 종혁이 편곡해 준 이 노래를 적어도 백 번 이상 들었다. 음악이 재생됨과 동시에 들려오는 작은 노이즈 소리.

동현과 우형은 그 노이즈로 음악이 시작되는 시간을 이미 세어둔 지 오래였다.

스타트는 바로 하이라이트로 들어간다. 기존 곡보다 느리다는 것이 현저하게 느껴졌다.

동현과 우형은 각자 자신의 음색으로 발성을 시작했다. 고음과 중음이 어우러져 듣는 사람의 시선을 사로잡았다.

슬로우 버전이 끝나고 잠시의 정적, 그리고 드럼에서 사용하는 심벌 소리가 울리고 다시금 하이라이트 부분이 이어졌다.

아까보다 빠른 템포. 기존 곡보다도 빨라 듀엣을 하는 둘은 숨 쉴 타이밍을 잘 골라야 했다. 타이밍을 잘 맞추지 못한다면 다음 가사를 놓치는 경우가 발생할 수 있었다.

하지만 둘은 그런 것은 개의치 않았다. 오히려 너무도 능숙하게 서로를 보안해 주며 호흡하고 있었다.

웅장한 울림. 동현과 우형은 각자의 파트를 소화해 내며 아름다운 멜로디를 자아냈다.

심사위원들은 동현과 우형이 부르는 이 곡이 원곡보다 더욱 애절한 것 같다는 느낌을 받았다.

조금 빠른 템포였지만 부르는 둘의 목소리와 감정 이입에 원곡보다 가사의 전달이 더 잘된 것이다.

곡이 끝으로 치닫고 드럼 소리가 마무리를 지을 때쯤 동현은 슬쩍 심사위원들의 표정을 살폈다.

황홀하다는 듯 다들 눈을 홉뜨며 둘을 번갈아 보았다.

“두 분 다 화음이 장난 아니시네요!”

“시작부터 레벨이 엄청 높네요.”

심사위원들은 동현과 우형의 목소리, 그리고 외모와 팀워크에 극찬하며 셋 모두 합격점을 주었다.

심사위원의 말에 동현과 우형은 감사하다는 말을 남기고 방 안에서 빠져나왔다.

두 사람의 손에 쥐어진 노란색 봉투. 4차 오디션에 관련된 정보가 적힌 것이자 합격의 증표이기도 했다.

방문을 열고 나가자 열이 넘는 인파가 문 앞에 진을 치고 있었다.

“우형아!”

"형!"

"어이, 유동현!"

"한결이 형?"

오겠다고 한 말이 정말인지 사람들은 하나같이 편한 복장을 하고 동현과 우형을 맞이하기 위해 문 앞에서 기다리고 있었다.

"합격?"

"저희가 누군데 불합격이겠어요."

자랑스럽게 말하는 동현의 말에 한결은 잘했다는 듯 동현의 머리를 우악스럽게 쓰다듬으며 말했다.

"짜식, 춤은 언제 그렇게 맛깔나게 연습했냐. 장하다, 장해!"

마치 자기 자신이 합격이라도 한 듯 기뻐하는 한결과 다른 사람들의 행동에 둘은 크게 웃었다.

"나가자. 형이 거하게 쏜다!"

"아, 잠시만요. 저 화장실 좀 다녀올게요!"

"에이, 더럽긴."

"인간의 자연스러운 생리 작용이에요."

한결의 말에 가볍게 대답한 동현은 가벼운 발걸음으로 화장실로 향했다.

"화장실이 어디래냐."

처음 와본 장소에서, 화장실이 어디라고 표시되어 있지 않은 곳에서 그 장소를 찾는 것은 힘든 일.

한참을 찾아도 보이지 않기에 포기할 생각으로 발걸음을 돌리려던 동현은 근처에서 들려오는 말소리에 걸음을 멈췄다.

높은 사람과 이야기하는 것인지 양손으로 휴대전화를 꼭 잡고 허리까지 굽실거리며 전화를 받는 한 남성.

"실력이 있다면 일등은 무리가 없죠. 일단 관계자에게 그 참가자에게 가급적 높은 점수를 주라고 얘기해 두도록 하겠습니다."

─알았습니다. 그러면 그렇게 알고 있도록 하죠. 믿겠습니다, 서동준 씨.

"아, 예. 걱정 마십쇼."

자신을 믿으라는 듯 말하는 서동준이라는 남성. 귀가 나빴다면 전화 내용을 모두 듣진 못했을 터. 하지만 동현은 둘의 대화를 들어버렸다.

전체적인 내용은 아니지만 제일 중요한 부분을 들은 것. 동현은 비집어 나오는 헛웃음을 삼키고는 인기척을 죽여 그 자리를 벗어났다.

[무슨 일 있냐? 기분이 안 좋아 보이는구먼. 합격했는데 기뻐해야 하지 않나?]

'합격한 건 기쁩니다만, 국민 오디션이라는 데에서 뒷거래가 있는 걸 알게 되니 뭔가 더럽네요.'

모르던 사실은 아니다.

실력이라곤 쥐뿔도 없는 사람들이 4차에 생방송 오디션까지 올라오는 경우를 몇 번 봤으니까.

"후우……."

하지만 이 사실을 우형에게 알릴 생각은 없다. 3차 오디션에 합격했다고 기뻐하던 그의 얼굴을 보면 함부로 입을 열 수 없었다.

이미 1등이 정해져 있는 것이나 마찬가지이니 우리는 힘 빼고 적당히 하면 된다고 말하고 싶진 않다.

"열심히 하면 어떻게든 되겠지."

동현은 긴 한숨을 내쉬며 우형을 만나기 위해 다시금 발걸음을 옮겼다.

*   *   *

동현과 우형이 3차 오디션에 당당히 합격하고 난 후 종이 안에 적혀 있던 4차 오디션의 정보는 실로 간단했다.

―4차 오디션 날짜는 5월 28일. 오늘 오후 10시에 문자가 가는 대로 준비해 주시기 바랍니다.

듣는 동현과 우형은 어이없다는 듯 웃었지만 아직까지 3차 합격자가 모두 나오지 않았으니 어쩔 수 없다고 생각하곤 실장에게 합격 여부를 밝혔다.

그는 3차에 합격한 것을 축하한다고 말했지만, 그의 말에 깃들어 있는 의미에서는 그 정도는 당연히 해야 하는 것이라는 느낌을 받을 수 있었다.

그리고 연성하 실장이 통화를 끊기 전 둘의 이름이 매스컴에 많이 노출돼 현재 Dream Star에서 관심을 받는 사람 중 하나가 되었다고 한다.

"유동현, 이거 봐."

우형은 신기하다는 표정으로 자신의 핸드폰을 들이밀며 말했다.

'훈남 참가자' 라는 이름과 함께 포스팅되어 있는 자료들이 수두룩했다. 그곳에는 참가자 본인들이 직접 동현과 우형의 사진을 찍어 올려둔 것들이 게시되어 있었다.

"이게 뭐야?"

"참가자들이 몰래 찍은 것 같은데?"

뿐만 아니라 동현과 우형은 현재 인터넷 검색 순위에 이름이 언급되고 있었다. 연관 검색어에는 '유동현 참가 이유', '이우형 참가 이유', '동방 나이트', '프렌드 호스트 바' 등 둘에 연관된 단어들이 나열되어 있었다.

"장난 아닌데?"

"이게 SNS의 효과구먼."

둘은 짤막한 감탄사를 터뜨리며 인터넷에 퍼진 자신들의 사진과 포스팅을 모두 읽어보고 짐짓 뿌듯한 표정을 지어냈다.

"우리 이제 유명인이네?"

"이런 정도에 유명인이라니, 아직 한참 남았지."

우형의 말에 태클을 걸며 말하는 동현. 하지만 그도 내심 기쁜지 안면에는 웃음꽃이 피어 있었다.

3차 오디션이 끝난 저녁, 둘은 3일 후 9시까지 합숙이 있으니 그때까지 짐을 챙겨 NNG 공개홀 앞으로 모이라는 문자를 받았다.

"합숙? 원래 이런 것도 하냐?"

"넌 오디션 프로그램 같은 거 안 봤어?"

우형의 물음에 동현은 머리를 긁적이며 대답했다.

"그냥 지나치다가 몇 번 본 것밖에 없어."

"…문명 저능아."

"닥쳐, 전국에 이런 프로그램 알아도 안 보는 사람이 얼마나 많은데."

때릴 기세로 주먹을 들어 올리며 말하자 우형이 장난스럽게 웃어 보이며 옆으로 피하며 물었다.

"그런데 우리 일은 어떻게 하지?"

"그러게."

합숙을 시작하게 되면 당연히 일 나가는 시간이 늦춰지거나 아예 못나가게 되는 날도 있을 것.

아무리 둘의 직업과 사정을 사람들에게 공개를 했다고 하더라도 일과 오디션은 별개다.

저녁에 빨리 연습을 끝내고 일을 가면 상관이 없지만 새벽까지 연습을 할 때에는 조금 곤란한 감이 있었다.

"오디션 때문에 당분간 일을 쉴 수도 없잖아."

몇 개월간이라도 일을 안 나가고 오디션에 전념하는 방법도 있었지만 그렇게 했다간 생계를 이어 나가는 게 어려워진다.

동현이야 지금까지 복학하기 위해 모아둔 돈이 있긴 했지만, 어디까지나 그것은 써야 할 목적이 있는 돈.

큰일이 있지 않는 이상 함부로 그 돈에 손을 대고 싶진 않다.

하지만 우형의 경우엔 동현과 입장이 달랐다.

그가 오디션 때 말한 것에 따르면, 그는 누군가의 병원비 때문에 그 일을 하고 있는 것. 섣불리 일을 쉴 수 없었다.

"일을 그만둘 수는 없지. 날 기다리는 누님들이 얼마나 많은데."

텐션을 높여가며 말하는 우형의 행동에 동현은 신경질 난다는 듯 휴지를 집어 던지며 말했다.

"네놈 대가리엔 그런 것밖에 안 들었냐."

　조가 짜이게 되면 조원들도 둘의 사정을 알게 될 것이다. 그렇다면 일단 그들에게 양해를 구해 일을 나가는 수밖에 없다.

　그들에겐 미안하지만 어쩔 수 없는 일이다.

　"그래도 아무것도 안 하고 연습 때 빠져나가면 미안하니까 콘셉트라도 몇 개 짜 가자."

　우형의 말에 동현은 찬성한다는 듯 고개를 끄덕였다. 하지만 콘셉트라는 것이 나와라 하면 팟 하고 튀어나오는 것이 아니다 보니 둘은 머리를 싸맬 수밖에 없었다.

　한참 시간이 지나자 동현은 지쳤다는 듯 마른세수를 하며 그 자리에 드러누웠고, 짜증난다는 듯 머리를 헝클던 우형은 딱 동작을 멈추며 동현에게 말했다.

　"야."

　"왜?"

　"그거 어때?"

　"그게 뭔데?"

　"그러니까, 그거!"

　'그거'만 반복하며 말하는 우형의 말에 동현은 옆에 있는 베개를 우형에게 집어 던지며 말했다.

　"아, 그게 뭔데?"

　밤에 일 나갈 것에 대해 생각하고 있을 때 시답잖은 장난을 치는 우형의 행동에 감정이 격해진 동현은 소리를 지르며 말했다.

하지만 우형은 그런 것은 신경 쓰지 않는다는 듯 평소같이 밝은 얼굴로 말했다.

"콘셉트를 나이트 삐끼나 호스트로 하면 되잖아."

"뭐?"

"괜찮지 않아? 뭐, '지들 같은 거 한다'라고 하면서 까는 사람도 있겠지만 우리답잖아."

우형의 설명에 짜증스러운 표정을 짓고 있던 동현의 표정이 조금씩 풀리기 시작했다.

"…가능할까?"

조용히 물어오는 그의 행동에 우형은 크게 웃으며 말했다.

"당연하지! 아, 근데 어떻게 조원들한테 따라달라고 하지? 이건 순전히 우리 둘한테만 해당하는 문제잖아."

동현의 말에 우형이 턱을 쓸며 말했다.

"그럼 적당히 분위기 봐서 얘기해 보자."

그들도 동현이나 우형같이 콘셉트를 짜는 것이 힘들 터. 처음부터 '이 콘셉트로 하죠'라고 하는 것보다 대충 분위기를 봐서 의견이 나오지 않을 때 말하는 것이 나을 것이다.

"하긴, 자기들도 의견 없는데 무조건적으로 반대하면 너 같은 사람이지."

"뭐?"

"매정하고 인정머리 없는 놈."

“너, 나가, 이 새끼야.”

＊　　　＊　　　＊

준비 기간 동안 동현은 나이트클럽을 잠시 쉬어도 좋다는 말을 들었다. 그사이 동현은 산을 오르며 체력을 쌓았다.

사실 오늘은 그가 전에 가르쳐 준, 마나를 이용해 물건을 들어 올리는 것을 연습해야 했지만 너무도 어려워 그것은 잠시 뒤로 미루기로 했다.

동현이 근래 연습하는 것은 저번에 나이트에서 마나를 이용해 노래를 불렀던 것처럼 마나를 이용해 노래를 불렀다가 다시 자신 본연의 목소리로 부르는 것을 반복하는 것.

나름대로 마나를 사용했을 때의 목소리를 내보려 노력하고 있었지만 쉽게 되는 것이 아니었다.

[뭐하러 힘들게 연습하나? 차라리 오디션 때 마나를 쓰면 되는 거 아닌가?]

유그아닌의 말에 발성 연습을 하던 동현은 그를 올라다보며 말했다.

“그건 지금의 제 실력이 아니잖아요.”

마나를 쓰지 않고도 그와 같은 실력을 내고 싶다는 동현.

가수를 목표로 하는 사람이고 음악을 하는 사람이라면 다들 그리 생각하겠지만 그전에 편하게 좋은 목소리를 낼 수 있다면 오히려 그 편법을 사용하려 들 것이다.

하지만 동현은 그런 생각을 하는 사람들과는 다르게 그 목소리를 완전히 자신의 것으로 만들고 싶어 했다.

게다가 동현은 남들보다 자신에게 주어져 있는 제약에 대한 부담이 있었다. 그런 동현의 마음을 아는지 유그아닌이 말을 건네왔다.

[자네, 무희가 쓰는 마법을 배워볼 생각 있나?]

"무희가 쓰는 거요?"

[전에도 말했듯 무희는 마법을 쓰네. 물론 마법을 사용할 때 쓰이는 마나양이 적어 다른 마법사가 쓰는 마법은 못 썼지만, 그들이 쓰는 마법이라면 자네가 지금 하는 것도 더 편하게 할 수 있을 것이네.]

무희 마법이란 것은 시간이 유효한 것이 아닌 영구적인 마법이라고 한다.

그 마법은 동현처럼 선천적으로 노래에 대한 재능이 있는 사람만이 시전할 수 있는 마법으로 유그아닌도 수식만 알고 있을 뿐 마법을 사용하지는 못한다고 한다.

영구적으로 노래에 대한 능력을 키워주는 것, 그 마법으로 인해 목이 쉬는 것도 덜할 뿐만 아니라 본연 자신의 재능을 끌어내는 것이기 때문에 편법을 쓰는 것도 아니라고 했다.

"마법을 쓰는 것 자체가 편법인 거 아니에요?"

[그저 다른 사람과 조금 다른 방법으로 재능을 끌어내는 것

일 뿐, 편법은 아니라고 생각하네. 배울 생각 있는가?]

유그아닌의 말에 동현은 크게 고개를 끄덕였다. 노래에 편법이 들어가지 않는 것이라면 괜찮다. 완전히 자기 것으로 만들 수 있는 것이라면 더욱더 좋다.

"언제부터 배울 수 있어요?"

동현의 물음에 유그아닌은 당장은 무리라고 답했다. 아직 동현이 마법을 시전할 정도의 지식이 없는 것은 물론, 무희 마법은 꽤 오래전의 마법이라 그에 맞는 마나 활용법을 배워야 한다고 한다.

[그럼 무희 마법을 쓰기 위한 마나 활용법을 배우도록 합세.]

"제가 지금까지 유그아닌한테 마나 같은 거 하면서 느끼는 건데, 마법은 정말 쓸데없이 복잡한 것 같아요."

[옛날엔 더 복잡했으니 입 다물고 시키는 대로 하시게나.]

"예, 예."

*　　*　　*

준비 기간 3일. 시간은 빠르게 지나갔다.

일 문제로 골머리를 싸매던 동현과 우형은 각자의 직장에 부득이한 사정으로 늦을 수 있다는 말을 남겼고, 전에 애기한 대로 분위기에 맞춰 콘셉트를 제시해 보기로 했다.

"넌 이사 가냐? 짐이 왜 이리 많아?"

"야, 하루 이틀도 아니고 적어도 몇 달은 같이 지낼 거라는
데 이 정도는 기본이지!"

"꼴값을 떤다. 몇 달 내내 집에 들어가지 않을 생각이냐?"

한심하다는 듯 말하는 동현의 말에 우형은 그것까지는 생
각 못했다는 듯 짐을 멍하니 내려다보았다.

"저, 8조 분들이세요?"

"예? 예."

"아! 8조 분들은 저쪽에 모여 계세요."

스텝이 가리킨 곳으로 다가가자 각각 제들끼리 이야기를
나누고 있었는데, 각자 자신들을 소개하고 있는 것을 보니 제
들도 방금 만난 듯싶다.

"안녕하세요."

모두 모인 8조 조원들은 각자 자신을 소개했다.

제일 나이가 많은 사람은 정윤찬이라는 남자로, 자신의 여
자 친구와 함께 참가했으며, 현재까지 취미로 작곡을 해왔다
고 한다.

다음은 한수진. 정윤찬의 여자 친구로 한 번 참가해 보자는
윤찬의 말에 함께 참여했다고 한다.

그리고 김진영. 댄스 학원에서 강사로 일하고 있으며, 다른
이와 페어를 짜 오디션에 참가했지만 그 사람과는 다른 팀이
되었다고 한다.

마지막 남은 이는 백나현. 역시 다른 이와 페어를 짰지만 다른 팀이 되었다고 한다.

"저 여자 애, 무섭게 생겼다."

조원들을 쭉 둘러보던 우형이 동현에게 가까이 다가와 귓속말로 속삭였다.

"누구?"

"백나현이라는 애."

우형의 말에 동현은 고개를 돌려 백나현을 바라보았다. 화장이 번졌는지 거울을 들고 고치고 있는 폼이 한두 번 해본 솜씨가 아니다.

"왜, 저런 스타일 좋아하지 않았냐?"

"…전혀."

조원들끼리 간단한 자기소개를 마치고 서로 왜 오디션에 참가했는지에 대해 담소를 나누고 있자 스텝이 다가와 설명을 시작할 테니 모이라고 했다.

4차 오디션은 여덟 개 조가 합숙을 하는 것으로 시작된다. 합숙이 이루어지는 약 한 달의 기간에 한 사람의 프로듀서와 함께 연습한다고 한다.

한 달 동안 프로듀서는 콘셉트를 잡고 그에 어울리는 곡을 준 후 본인이 직접 연습을 시킨다고 한다.

즉, 참가자끼리의 싸움이기도 하지만 각 조를 맡은 여덟 명의 프로듀서끼리의 싸움이기도 했다.

“잘해보자.”

“예.”

합숙이 시작되는 첫날.

지금부터는 힘이 닿는 데까지 최선을 다해 앞으로 걸어나
가야 할 때이다.

Chapter 07
합숙

합숙이 시작되고 나서 숙소로 들어간 8조는 그 자리에서 자신들의 조를 담당해 줄 프로듀서를 만날 수 있었다.

동현의 팀을 맡은 프로듀서는 국내에서 유명한 작곡의 천재, 또는 히트곡 제조기라 불리는 홍태진.

성격이 조금 괴팍한 것만 제외한다면 완벽하다고 말할 수도 있는 사람이었다.

"으으, 힘들다."

합숙을 시작한 지 거의 열흘이 넘어가고 있는 시기. 다행히 콘셉트 같은 것은 동현과 우형이 생각해 낸 방향으로 가 안심이지만, 다음은 노래와 안무, 그리고 편곡이었다.

홍태진도 조금은 색다른 콘셉트에 관심을 보이긴 했지만 지금은 연습할 때라며 잔말 말고 연습이나 하라며 조원들을 모두 연습실로 처박았다.

"동현아, 그 부분, 너 잘못하면 넘어진다. 스텝 조심해라."

"어."

"우형이는 그 부분에서 턴할 때 팔 좀 높게 들고."

"응."

트레이너라고는 한 사람도 주어지지 않은 조에 조원들의 춤을 봐줄 수 있는 사람은 현재 댄스 학원 강사로 일하고 있는 김진영뿐.

"아, 진짜 똑바로 좀 못해요? 오빠들 때문에 같은 부분에서 계속 멈추잖아요. 진도도 못 나가게 이게 뭐예요!"

백나현이 짜증난다는 듯 우형과 동현에게 소리쳤다.

백나현의 말을 시작으로 다들 한숨을 터뜨리고 그 자리에 주저앉아 땀을 닦아냈지만 금세 자리에서 일어나 다시 시작할 준비를 했다.

그 모습에 백나현은 어이가 없다는 듯 손부채를 부치며 미간을 찌푸리며 중얼거렸다.

"연습생 된 것도 아니고 좀 작작 하면 안 되나."

"나현아, 그만 투덜대고 연습 시작하자."

"아, 예, 예!"

수진의 말에 백나현은 한수진을 노려보더니 비꼬는 억양

으로 답했다.

연습은 그 후로도 두 시간가량 이어졌다. 중간 중간 백나현의 투덜거림이 들렸지만 아무도 상대해 주지 않자 제 풀에 지쳐 입을 다물었다.

"전에 Dream Star 오디션을 본 사람들은 3차까지는 어린애들 놀이라는 것쯤은 알고 있겠지?"

"예!"

다들 바짝 긴장한 목소리로 대답하자 홍태진은 바람 빠지는 웃음소리를 내며 말했다.

"왜 긴장하고 그래? 내가 너희 잡아 먹냐?"

홍태진은 한쪽 입꼬리를 말아 올리며 헛웃음을 쳤다.

"너희가 트레이닝한 것 보고 각 목소리에 맞게 편곡하고 파트 나눠놨고, 곡에 맞는 춤은 트레이너가 가르쳐 줄 거다. 어영부영했다간 오디션이고 뭐고 내쫓아 버릴 테니까 그렇게 알고."

홍태진은 늘어지게 하품을 하며 여섯 개의 악보를 던지듯 건넸다.

그가 건넨 종이를 받은 조원들은 약속이라도 했다는 듯 바로 악보에 눈을 빼앗겼다.

윤찬은 곧바로 기타를 잡아 음을 체크했고, 한수진은 그의 옆에서 음을 맞추어봤으며, 동현과 우형, 그리고 진영 역시 음을 파악하기 위해 음을 흥얼거렸다.

하지만 그들이 하는 것을 하지 않은 백나현은 악보를 보고 화를 억누르는 듯한 목소리로 말했다.

"뭔가 이상한 것 같은데요."

"뭐가?"

"왜 전 파트가 전부다 코러스뿐이에요?"

무언가 잘못됐다는 듯 말하자 홍태진은 뒷머리를 벅벅 긁으며 답했다.

"하기 싫으면 하지 말든지."

"예?"

"습득력도 제일 느려, 팀 내에서 가창력도 가장 달려, 그러는 주제에 의욕은 제일 없고 연습도 대충대충. 너라면 그런 녀석한테 파트를 주고 싶겠냐?"

삐딱한 표정을 지으며 속사포로 말을 늘어놓는 홍태진의 말에 백나현은 어이가 없다는 듯 헛웃음을 쳤다.

"그건 사람 차별 아니에요?"

"차별? 코러스라도 준 걸 감사하게 여겨. 한수진한테 전부 넘기려다가 불쌍해서 파트 준 거니까."

거침없이 상처받을 말만 툭툭 내뱉는 홍태진. 그의 태도가 조금 심하지 않았나 싶어 악보를 보던 조원들까지 둘을 바라보고 있었다.

험악한 분위기가 조성되어서인지, 자신이 무시당하는 것이 카메라에 찍혀 TV에 방송될지도 모른다는 불안감 때문인지 백나현은 눈물을 뚝뚝 흘렸다.

"왜, 유동현이나 정윤찬한테 하는 것처럼 소리라도 지르지?"

"……."

"겉멋만 들어서 이짓 하는 연놈들은 너 말고도 많으니까 실력 없으면 주제 파악 좀 해. 오디션이 애 이름인 줄 알아? 주위에서 노래 조금 잘한다고 추켜세워 주면 지가 제일인 줄 알지."

카메라에조차 녹음되지 않을 정도로 작은 목소리로 백나현의 귀에 속삭이고 간 홍태진.

홍태진이 스쳐 지나가며 코웃음을 치자 백나현은 자리에 무너지듯 주저앉아 펑펑 울기 시작했다.

하는 짓이 전부 밉상이긴 하지만 정작 여자가 우는 것을 보니 가만히 있을 수 없었는지 동현과 우형이 다가가 백나현을 달래주었다.

"비켜! 너희가 뭐가 잘났는데! 실력 높은 애들하고 한 팀 된 것도 서러워 죽겠는데 왜 나한테만 그래!"

"야, 너희들, 나가서 연습해."

홍태진의 말에 잠시 주춤하던 조원들은 그가 화를 내며 나가라고 하자 백나현에게 힘내라는 말만 남기고 연습실로 향했다.

"조금 심하신 거 아닌가?"

한수진이 머리를 긁적이며 묻자 정윤찬이 고개를 가볍게 끄덕였다.

그리고 동현과 우형 역시 그 말에 찬성인지 수진의 의견에 찬성표를 던졌다.

"그래도 백나현이 한 행동에는 문제가 있죠."

진영이 무미건조한 목소리로 말했다.

확실히 홍태진의 말이 심한 것은 사실이지만 백나현이 한 행동에도 문제가 있었다.

같은 조원에게 대하는 태도부터 시작해 프로듀서에게 하는 태도까지.

아마 방송이 아니었다면 홍태진은 백나현에게 더한 욕을 쏟아부었을지도 모른다.

"4차까지 올라간 이상 반쯤 공인이 됐다고 생각하는 편이 나을 거야."

마이크 상태를 조절하던 윤찬이 중얼거리듯 말했다. 카메라는 돌아가지 않는 상태여서 말을 꺼낸 것 같다.

"예?"

"방송 나가면 전 국민이 우리 얼굴 아는 거나 똑같아. 여기서 잘못 행동하면 시청자들에 의해 묻히는 건 우리야. 뜨기도 전에 묻혀 버리겠지."

"고로 백나현이 한 행동은 국민한테 디스 당하기 딱 좋은 행동이라는 거지. 올해 악마의 편집 희생자는 백나현이겠구나."

그동안 우형 역시 쌓인 게 많았는지 평소 여자에 대해 함부로 입을 놀리지 않던 우형이 비릿한 조소를 담으며 말했다.

"왜 그래, 이우형. 너답지 않게."

"그냥 좀. 연습하자, 연습!"

동현의 물음에 우형은 어깨를 으쓱이며 연습을 하기 위해 마이크 하나를 집어 들었다.

"아까 잠깐 들은 건데, 선생님이 TOP10에 들고 나서 데뷔한 사람은 직접 곡 써주신대."

이제야 생각났다는 듯 손바닥을 부딪치며 말하는 윤찬. 그의 말에 백나현의 일로 떠들썩했던 조원들이 순식간에 조용해졌다.

"야! 연습 시작하자!"

"빨리 마이크 하나씩 집어!"

국내 최고의 작곡가가 직접 써준 곡.

웬만한 아이돌도 받기 어렵다는 곡을 받는다는 것은 엄청난 기회다.

이런 기회를 백나현에 관한 이야기로 날릴 수는 없는 일.

조원들은 홍태진의 곡을 받기 위해 지치는 것도 모르고 날이 저물 때까지 연습에 열중했다.

4차 오디션까지 앞으로 약 한 달.

*　　　*　　　*

하루도 빠짐없는 연습.

그리고 밤이면 일을 나가 쉴 시간 하나 제대로 없는 날을 보낸 두 사람에게 한 달이라는 시간이 화살보다 빨리 지나갔다.

"내일인가? 오늘?"

"날 밝았으니까 오늘이죠."

빠른 손놀림으로 가게 정리를 돕던 동현은 한결의 물음에 답하며 가사를 잘못 외운 부분이 있는지 계속해서 검토했다.

"슬슬 가보지 그래? 9시까지는 도착해야 한다며?"

"뛰어가면 몇 분 안 걸려요."

"그래도 리허설 정도는 해봐야지."

한결은 마치 자신이 키운 자식이 어엿하게 자라 제 갈 길을 찾는 것을 보는 마냥 흐뭇하게 동현을 바라보았다.

"뭐예요, 그 시선. 기분 나빠요."

못볼 것을 봤다는 표정으로 한결을 쳐다보자 그는 어색하게 웃어 보이며 빨리 정리나 하고 가라며 핀잔을 줬다.

"그런 말 안 해도 정리 다 하면 갈 거예요."

쉴 새 없이 계속되는 트레이닝과 나이트클럽 일에 지칠 대로 지친 동현은 조금 짜증 섞인 목소리로 답했다.

처음 열흘 정도는 마나로 어느 정도 버틸 수 있었지만 유그아닌의 말대로 마나가 모든 것을 해결해 주는 것은 아니었다.

연습 도중 실수는 잦아졌고, 틈만 나면 꾸벅꾸벅 졸기 일
쑤. 평소 그러지 않는 동현이 일하는 곳에 와서 졸자 한결이
한두 번 정도 돌려보냈으나 동현이 돌아가려 하지 않았다.

"졸리다."

웬만하면 피곤하단 소리를 입 밖에 잘 꺼내지 않던 동현이
중얼거렸다.

"오늘 먼저 가. 오디션 날이잖아."

"괜찮아요."

"컨디션 조절은 해야지. 너 혼자만의 무대가 아니라 조원
모두의 무대잖아."

한결의 말에 컵을 닦아내던 동현의 손이 멈췄다.

확실히 이번 무대는 혼자만의 무대가 아니었다. 그리고 앞
으로도 오디션에서 서는 무대는 모두와 함께해야 하는 무대.

동현 한 사람의 실수로 다른 사람에게까지 피해를 줄 수 없
는 일이었다.

"죄송해요. 그럼 가볼게요."

"죄송해할 필요없어. 괜히 형이냐. 이럴 때 도와주는 게 형
이지."

한결의 말에 동현은 미소를 지으며 앞치마를 풀어 테이블
위에 올려두고 탈의실로 발걸음을 옮겼다.

아니, 정확히는 옮기려 했다.

동현이 발을 떼는 순간, 출입구에서 앙칼진 소녀의 목소리

가 들렸던 것이다.

간혹 밖에서 출입구를 지키는 웨이터와 손님이 말다툼을 해 시끄러워지는 경우는 있었으나 지금은 아침.

게다가 목소리만 들어서도 성인이 아닌 것이 드러나니 한결과 동현은 그 목소리에 관심을 가질 수밖에 없었다.

"뭐야?"

궁금증이 발한 동현 역시 시선을 입구 쪽으로 돌리고 있자 그의 귀에 익숙한 목소리가 들려왔다.

"유동현! 아 빌어먹을 오빠 자식아! 여기서 일하는 유동현이 내 친오빠라고! 그 빌어먹을 놈이랑 할 얘기 있으니까 좀 불러봐!"

오빠라는 단어에 한결 역시 누구인지 예상했는지 동현을 바라보며 입을 열었다.

"네 동생 아니냐?"

"맞는 것 같은데요."

평소에 저런 식으로 거친 말을 하는 것을 본 적이 없는 동현은 순간적으로 크게 당황했다.

그리고 어째서 소현이 자신이 이곳에서 일하고 있는 것을 눈치챈 것인지에 대해 크게 의문이 생겼다.

"야, 유동현! 아는 애냐?"

한 웨이터의 소리에 동현은 긴 한숨을 내쉬었다. 마음 같아선 모르는 사람이라고 하며 돌려보내고 싶지만 그렇게 대답하면 문 앞에서 험한 꼴을 당하게 된다.

"제 동생 맞아요. 잠시 들여보내 주세요."

동현의 말이 끝나자 계단 위에서 소현이 내려오는 발걸음 소리가 들렸다.

그사이 동현의 머릿속에는 어째서 소현이 이곳을 알았는지, 그리고 어째서 찾아왔는지에 대한 강한 의문이 자리 잡았다.

일단 이런 곳까지 자신을 찾아왔다는 것은 할 말이 있어 찾아온 것일 것. 마음 같아선 근처 카페라도 데리고 나가고 싶지만 지금은 시간이 없었다.

카페 같은 곳이나 데리고 가 느긋하게 만담을 나눌 시간은 없다는 것이다.

[한 핏줄 아니랄까 봐 사나운 것도 쏙 빼닮았군.]

'닥치세요.'

동현은 유그아닌을 차갑게 쏘아보다가 모습을 보인 동생 유소현을 보며 낮은 한숨을 내쉬며 물었다.

"여기가 어디라고 네가 와."

"쓸데없는 소리 하지 말고 얘기 좀 해."

소현은 독기를 가득 품은 눈으로 동현을 올려다보며 말했다.

동현은 긴 한숨을 쉬며 말했다.

"간단히 얘기해. 바쁘니까."

동현은 소현을 테이블로 안내하면서 복잡한 생각으로 머릿속이 가득 찼다.

"왜 찾아온 건데? 돈 없어서 온 거야?"

동현은 알고 있었다. 소현은 돈 따위 때문에 자신을 찾아올 치졸한 사람이 아니라는 것을.

하지만 현재 동현은 수면 부족으로 인해 신경이 아주 예민한 상태. 거기에다가 오디션 문제까지 있는데 소현이 화까지 내고 있는 것.

엎친 데 덮친 격이라고, 아직 소현이 아무런 얘기도 꺼내지 않았음에도 불구하고 조금씩 짜증이 나기 시작했다.

"돈? 아니, 돈은 오빠가 이딴 곳에서 일해준 덕에 넘치고 넘쳐."

"이딴 곳?"

"그래, 이딴 곳! 뭐? 스트레스 풀려고 나이트클럽을 와? 동생한테 거짓말이나 하고 이딴 곳에서 일하고 있어? 당장 그만둬!"

소현의 말에 동현은 화를 삭이는 듯 눈을 감고 긴 한숨을 내쉬었다.

"직업에 귀천이 없다고 한 건 너 아니었나."

동현은 몇 년 전 소현이 했던 말을 넌지시 꺼냈다.

"직업도 직업 나름이지! 나이트에서 삐끼짓이나 하고 살면 사회에서 사람 취급이나 해줄 것 같아? 그리고 학교 안 나간다며?"

"안 나가는 건 내 맘이지."

동현의 말에 소현은 어처구니가 없다는 듯 크게 헛바람을 내뱉었다.

"여기서 일하는 건 어떻게 알았어?"

"방송에서 봤어. 저번에 한 번 미행한 적도 있고."

"뭐?"

"설마했지, 그땐. 그냥 뒷문으로 들어가는 줄 알았지. 그런데 방송에서 아주 대놓고 나이트 삐끼짓 한다고 떠들더라? 참 자랑스러우시겠어?"

소현은 동현이 나이트클럽에서 일을 한다는 부분을 갖고 비꼬며 그를 비난했다. 동현은 나이트클럽에서 일하는 부분에 대해서 소현이 이러한 반응을 보일 줄 조금은 예상했기에 한숨만 내쉴 뿐 무어라 제재를 하지는 않았다.

"그리고 나 이런 곳에서 일하는 오빠한테 도움받고 싶지 않아. 이게 뭐야? 아빠가 오빠 이러고 다니는 거 보면 뭐라고 하겠어? 학교도 안 나가고 이런 데서 일하고. 적어도 나한테라도 말해줬으면 좋잖아!"

소현은 동현에게 윽박질렀다. 동현은 소현이 말하는 '아빠' 라는 단어에 순간적으로 머리가 지끈거려 왔다.

아직까지도 아버지를 믿고 있는 소현이 안쓰럽기도 했고, 여전히 아버지만을 위해 인생을 살아가는 소현이 멍청해 보이기도 했다.

"후우. 내가 무슨 일을 하는지 너랑 아버지한테까지 말할 필요는 없잖아."

동현의 말에 소현은 어이가 없다는 듯 헛웃음을 쳤다.

"오빠, 갑자기 왜 이래? 며칠 사이에 왜 이렇게 변한 거야?"

"너도 마찬가지인 것 같은데. 그리고 사람은 원래 변하게 마련이야. 그중 제일 큰 작용을 한 게 아버지지만……. 그만 가라. 지각한다."

"그게 중요한 게 아니잖아!"

"학생은 가서 공부나 해. 네가 진짜 하고 싶은 걸 하고 싶다면."

동현은 힐끗 시간을 보고는 자리에서 일어났다. 지금 출발해도 늦을 듯한 시간.

아까 한결이 빨리 나가보라 했을 때 나갔더라면 발목 잡히는 일은 없었을 텐데 하는 후회감이 들었다.

"조금 심한 거 아니냐?"

"몰라요."

"기분 나쁘다고 마음에도 없는 말 막 내뱉지 말고."

한결의 말에 동현은 긴 한숨을 내쉬며 고개를 내저었다.

"신경 쓰지 마세요."

동현은 홀을 벗어나며 차갑게 말했다. 소현에게, 그리고 한결에게 평소와 달리 차갑게 대한 것에 대해 미안한 마음이 들었지만 당장 사과할 마음은 들지 않았다.

　옷을 갈아입고 시간을 확인한 동현은 크게 경악하고 말았다.
　오디션 시작 시간은 9시인데, 현재 시간은 8시 52분. 한결이 대신 가게 정리를 해준다고 하지 않았다면 9시가 넘어도 도착하지 못할 시간.
　"갈게요."
　"잘해라. 시간 나면 응원 갈게."
　동현의 말에 한결은 웃으며 답해주었다. 자신이 그리 차게 말했는데도 평상시와 같이 대해주는 한결에게 미안하기도 하고 고맙기도 했다.
　"다녀오겠습니다."
　동현은 다녀오라는 한결의 말을 듣고 빠른 속도로 나이트클럽을 빠져나왔다.
　지금 택시를 타고 가봤자 늦을 것은 뻔하다. 며칠 전 제비뽑기를 했을 때 첫 순서가 8조이기에 적어도 9시 10분까지는 도착해야 한다.
　"제기랄."
　답답하다는 듯 동현은 낮게 욕을 읊조리며 다리를 바삐 놀려 공개홀로 달려가기 시작했다.

[멍청한 것! 마나를 쓰면 더 빨리 달릴 수 있으면서 왜 굳이 뛰어가나!]

유그아닌의 말에 급히 뛰던 동현의 다리가 멈췄다.

"진작 좀 말해주셨어야죠!"

[자네가 닥치고 있으라고 하지 않았나?]

유그아닌의 말에 동현은 답답하다는 듯 가슴을 쿵쿵 치며 급히 마나를 다리로 내보냈다.

산을 왕복하면서 연습한 것도 있고, 꾸준한 마나 수련을 한 덕에 이제는 마나를 이용해 신체의 능력을 조절하는 것은 능숙하게 해낼 수 있었다.

"갑니다."

동현은 낮게 말하며 유그아닌에게 실드 마법을 쳐줄 것을 부탁했다.

처음 빠르게 달리는 것을 연습할 때 자신의 속도를 가누지 못해 이곳저곳에서 넘어져 몸에 상처가 사라질 날이 없었기 때문이다.

[실드.]

유그아닌이 동현에게 마법을 걸어주자마자 동현은 땅을 박차 오르며 공개홀로 달려가기 시작했다.

발을 놀리는 동현의 마음은 자신의 동생인 소현에 대한 일과 빨리 가지 않으면 무대를 망치게 될지도 모른다는 중압감에 흔들거렸다.

                    *   *   *

　눈을 뜨기도 힘들 정도로 빠르게 뛰어 공개홀로 도착하자
시간은 9시를 넘어가고 있었다.
　"유동현! 빨리!"
　멀리서 동현을 발견한 우형이 발을 동동 구르며 어서 오라
고 손짓했다.
　동현이 그를 발견하고 빠르게 달려가자 우형을 일순 놀란
표정을 지었지만 무대가 몇 분 안 남았다는 사실에 동현을 데
리고 대기실로 달려갔다.
　"허억, 헉헉!"
　빠르게 달린 것으로도 모자라 체내의 마나를 써서 평소보
다 체력 고갈이 많았던 것인지 동현은 숨을 크게 몰아쉬었다.
　"야, 빨리 의상!"
　우형의 외침에 준비해 둔 옷을 건네려던 윤찬은 동현의 옷
차림을 보고 말했다.
　"의상은 비슷하니까 됐어! 머리만 조금 만져줘 봐!"
　"메이크업은!"
　"땀이나 닦아내!"
　무대에 오를 시간은 앞으로 오 분. 그사이에 조원들은 분주
하게 무대에 오를 준비를 했다.

"8조, 무대 준비해 주세요!"

스텝의 말에 조원들은 일제히 알았다고 대답하며 대기실에서 빠져나왔다.

"너 왜 이렇게 늦었어? 평소엔 지각도 안 하던 놈이."

"그럴 만한 일이 있었어."

더운지 연신 땀을 닦아내는 동현. 수진은 의자에 앉은 동현의 앞으로 와 빠른 속도로 땀을 닦고 머리를 올려주었다.

"다 됐어."

"가사는 안 잊어버렸지?"

윤찬의 물음에 동현은 고개를 끄덕였다.

"힘내라."

어깨를 툭툭 치며 격려하듯 말하는 진영. 피곤해 보이는 기색이 역력했는지 다른 조원들 모두 걱정스런 표정으로 동현을 바라보았다.

"걱정하지 마세요. 무대 위에서 실수는 절대 안 할 테니까."

무슨 문제가 있든, 무슨 걱정이 있든 무대 위에서는 그것을 모두 잊어야 한다.

지금은 자신이 소현에게 상처를 준 것, 소현이 자신에게 상처를 준 것들을.

"8조 스탠바이!"

스텝의 말에 조원들은 마이크를 받아 무대 위로 올라섰다.

와아아아!

긴장할 새도 없이 고막을 치고 들어오는 거대한 함성에 조원들은 다들 놀란 듯 관객석으로 눈을 돌렸다.

분명 어제 첫 회가 방송됐을 터.

그럼에도 불구하고 벌써 플랜카드를 들고 응원을 나온 사람이 있었다.

분명 같은 오디션을 본 사람이거나 오디션 현장에 와서 본인들의 눈으로 오디션을 구경한 사람들일 것이다.

무대에 올라서 심사위원과 카메라 있는 곳을 바라보자 서류를 뒤척이던 심사위원들이 동현을 보고 물었다.

"동현 씨만 안에서 연습하고 오셨어요? 땀이 범벅이 되셨네요."

가요계의 정상을 달리고 있는 솔로 가수 심은주. 어린 나이에 데뷔하여 무명 기간이 길었지만 어느 샌가 갑자기 유명세를 타기 시작한 가수로, 외국 활동 역시 활발한 가수이다.

그녀의 물음에 동현은 안면에 웃음기를 박아 넣으며 작게 고개를 저으며 지각해서 무지막지하게 달려왔다고 설명했다.

"연예인에게 약속 시간은 생명이에요. 그건 잘 알고 계시겠죠? 시간은 잘 지키셔야 합니다."

심사위원의 말에 동현은 살짝 고개를 숙여 죄송하다는 말을 전했다.

“일단 한번 들어보겠습니다.”

심사위원의 말에 조원들은 고개를 끄덕이며 각자의 위치로 가 자세를 잡았다.

첫 파트를 시작하는 것은 동현. 다행히도 허덕거리는 호흡은 제자리를 되찾아 안정된 상태.

반주가 흘러오고 조원들의 표정이 생생하게 살아나기 시작한다.

새침을 떼는 마담과 그들을 유혹하는 웨이터들.

간주 부근이 끝나자 동현의 목소리가 마이크를 동해 흘러나왔다. 매혹적이고도 달콤한 목소리.

덤으로 생생한 표정까지 완벽히 일치하여 여심을 뒤흔들었다.

그에 뒤이어 한수진이 역동적인 표정과 춤으로 노래를 뒤이었다.

많이 연습한 티가 나는 안무, 흔들림없는 음색, 느긋하고 여유로워 보이는 표정에 왠지 모를 웅장함.

게다가 춤에서 묻어나오는 스토리식 전개에 관객들은 한순간 그들의 무대에 사로잡혔다.

거기에 흔들림 없는 목소리. 아마추어의 무대가 아닌 프로의 무대라고 해도 무리가 없는 실력에 심사위원들은 할 말을 잃고 감탄 어린 탄성을 질렀다.

와아아!

무대가 끝나고 커다란 함성이 무대를 뒤흔들었다. 조원들은 함박웃음을 지으며 관객들에게 인사했다.

"와! 어떻게 한 달 동안 이렇게 완벽하게 하실 수가 있죠? 보통 가수들도 하나의 곡을 무대에서 연습하기 위해 몇 달은 연습하는데."

"그쪽에 대해선 정말 칭찬을 드리고 싶네요."

"아쉬운 게 있다면… 한수진 씨, 백나현 씨, 김진영 씨, 유동현 씨, 본인이 어느 부분이 틀렸는지 아시죠?"

심사위원의 말에 넷은 고개를 살짝 끄덕였다.

고음 도중 살짝 음 이탈이 난 수진. 아주 미세해 다른 사람의 귀엔 잘 안 들렸을지 몰라도 매일 음악과 접하고 사는 사람들의 귀엔 확연히 들렸다.

그리고 코러스가 힘이 없었던 백나현. 홍태진과 무슨 일이 있었는지 몇 부분 파트를 얻긴 했지만 그 부분을 제대로 소화해 내지 못했다.

하지만 그녀에겐 발전도 있었다.

3차 때까지만 하더라도 노래하는 게 조금 힘들게 보였던 나현이 이번 무대에선 춤까지 동반하는데 전보다 편하게 부르는 것이었다.

김진영 같은 경우는 도중에 안무를 틀리는 실수를 저질렀다.

근처에 있던 우형이 재빨리 바로잡아 주어 대형이 크게 흔들리진 않았지만 정면에 앉아 있는 심사위원들의 눈에는 확연하게 보였던 것이다.

동현 같은 경우는 음이 흔들렸다. 크게 티가 난 것은 아니지만 그 누가 듣더라도 '아, 쟤 조금 실수했다' 고 느낄 수 있을 정도였다.

"그럼 이어서 8조를 맡아주신 홍태진 프로듀서님의 평가가 있겠습니다."

심사위원의 자리와 조금 떨어진 자리에 앉아 있던 홍태진은 마이크를 집어 들고 말했다.

"평소 실력대로 하라니까 평소 실력의 반밖에 발휘 못한 것 같네요. 동현이나 우형이는 딱 봐도 너무 힘들어 보이고, 나현이는 너무 무리했고, 진영이는 긴장했고. 연습 때는 잘했다고 인정해 줬는데……. 연습 때처럼만 했으면 완벽했을 걸 저는 많이 아쉬웠습니다."

마이크를 내려놓고 혀를 차는 홍태진.

그의 모습에 무대에 서기 삼 일 전부터 컨디션 조절 똑바로 하라고 윽박지르던 그의 모습이 떠올랐다.

사람이 어째서 무대에 오르기 전에 컨디션 조절을 잘해야 하는지 이번 일을 통해 뼈저리게 느끼게 되었다.

"잘 들었습니다. 홍태진 작곡가님께서 말씀해신 대로, 동현 씨하고 우형 씨, 많이 피곤해 보이시는데 못 주무셨어요?"

"아, 네. 조금……. 일 때문에……."

"저녁에 일을 나가시니 그러시겠네요. 일 끝나고 바로 오신 건가요?"

심사위원의 말에 동현은 볼로 흘러내리는 땀을 손으로 닦아내며 그렇다고 답했다.

"어휴, 일하시는 분들, 힘드실 텐데 건강에 유의하면서 해주세요. 자기 관리도 가수들이 꼭 해야 하는 것이니까요."

걱정스러운 눈빛으로 동현과 우형을 향해 말하는 심사위원. 그들의 말에 둘은 감사인사를 전했다.

"8조 분들은 정말… 누구를 떨어뜨려야 할지 망설여지는 조네요."

"모두 잘해주셨으니까요. 이대로 한 팀이 돼서 프로 무대로 나가는 것도 나쁘지 않고……."

"잠시 상의를 하겠습니다."

심사위원들은 스텝들과 조원, 그리고 관객들에게 양의를 구한 후 자신들끼리 토론을 하기 시작했다.

토론의 내용에 궁금증이 동한 동현은 주위의 잡음을 막고 마나를 청각으로 몰아 심사위원들의 말에 귀를 기울였다.

─전부 다 좋긴 한데, 너무 잘하는 사람들끼리만 붙어서 가르기가 어렵네.

─8조가 한 실수는 다른 조에 비하면 적은 거고, 정식 무대 올라가도 방송사고까지 번지진 않는 수준이니 괜찮긴 한

데…….

　―떨어지는 사람들은 패자부활전에 기대하라고 해야 하는 거 아닌가?

　―그건 할 수도 있고 안 할 수도 있는 거잖아.

　―어차피 될 나무는 떡잎부터 다르게 마련이야. 우린 스타를 뽑는 거니까 무대에서 빛난 사람들만 뽑으면 돼.

　―그럼 애랑 애 떨어뜨리자. 버리기 아까우니까 나중에 뒤에서 러브콜 주면 되지.

　심사위원들의 말을 부분적으로 들은 동현은 순간적으로 헛웃음이 나왔다.

　모두 잘하는데 다 못 뽑으니 눈에 띄는 사람만 뽑자. 어차피 잘될 놈들은 늦게라도 잘되게 되어 있다.

　하긴, 이미 우승자가 정해져 있는 마당에 심사평이 무에 중요하겠는가.

　뒤에서 돈 받아먹은 사람은 약간의 독설과 수없이 많은 칭찬이란 첨가물을 섞어 네티즌이나 시청자들에게도 좋은 이미지로 보이게 하는 것이 저들이 하는 일이지.

　“네, 결과가 나왔습니다.”

　사회자가 심사위원들의 말을 듣고 다시금 진행하기 시작했다.

　“회의로 인해 시간이 오래 걸렸으니 결과 발표를 빨리 진행하겠습니다. 한수진 씨, 백나현 씨, 앞으로 나와주세요.”

심사위원의 말에 잔뜩 긴장해 있던 두 사람의 얼굴이 급격히 굳어갔다.

다음 심사위원의 입에서 무슨 말이 나오게 될지 자동적으로 암시가 되었다.

“두 분은 아마 다른 팀에 들어가셨으면 분명 생방송까지 가셨을 거라 생각해요.”

심사위원들은 나현과 수진에게 위로의 말을 잔뜩 남기고는 둘에게 불합격이라는 패를 주었다.

끝으로 수고했다는 말이 나오자 조원들은 모두 심사위원에게 고개를 숙여 인사했지만 백나현만큼은 고개를 빳빳이 들고 있었다.

“나현아, 인사!”

“웃기지 말라 그래요.”

윤찬이 인사를 하라고 속삭이듯 말했지만 백나현은 날카로운 눈으로 윤찬을 쏘아보고는 그대로 무대를 벗어나 버렸다.

그 모습을 본 심사위원들은 어이없다는 듯 헛웃음을 쳤지만 별다른 터치는 하지 않았다.

무대에서 내려온 후 모두는 인터뷰를 하기 위해 이동했다.

하지만 백나현만큼은 자신을 따라오는 카메라를 뒤로하고 욕설만 남긴 채 유유히 오디션장을 떠났다.

그런 그녀의 모습에 다른 참가자들은 물론 스텝들까지 얼굴을 구기며 그녀에 대해 입방아질을 했다.

그렇게 8조의 4차 오디션이 막을 내렸다.

다음으로 이어지는 생방송 무대.

생방송 무대는 총 네 번에 걸쳐 진행된다.

조는 최소 네 명, 최대 다섯 명으로 조원은 오디션 관계자들이 무작위로 선정한다. 하지만 반드시 3차 오디션에 참가했던 멤버 둘은 그대로 붙게 된다고 한다.

만일 3차 때 함께 페어를 했던 사람이 떨어졌다면 임의로 다른 이와 페어가 된다고 한다.

“힘내자.”

“응.”

“근데 네가 말한 소중한 사람이란 분, 누군지 물어봐도 되냐?”

우형은 동현과 시선을 맞추곤 눈을 반으로 휘며 말했다.

“데뷔하는 날, 그때 알려줄게.”

Chapter 08
최종 오디션그리고……

4차 오디션 이후 생방송 무대에 올라가는 사람들은 삼 주간의 휴식 기간을 받았다.

사실 휴식 시간이라고는 하나 Dream Star 측에서 떨어진 참가자들 관리와 조원들을 다시 짜주어야 하기에 준 시간인 것이다.

4차가 끝나고 어언 20일. 내일 최종 오디션의 미션을 받기 위해 방송국에 가야 하지만 동현과 우형의 마음은 편했다.

4차 오디션이 끝나고 20일간 동현은 별달리 한 것이 없었다.

오디션이 끝난 날, 백나현을 제외한 조원들과 뒤풀이를 하고 직장 사람들과 만나 파티를 했다.

　그리고 그 후 저녁엔 일, 아침엔 간혹 우형을 만나 연습이나 오디션 관련 이야기만 나눴을 뿐.

　그리고 남은 시간은 대부분 유그아닌에게 마나를 다루는 법을 배웠다.

　[그게 아니라고 하지 않았나!]

　유그아닌의 호통에 동현은 지친다는 듯 한숨을 푹 내쉬며 그 자리에 주저앉아 버렸다.

　"하란 대로 비슷하게 했는데 뭐가 문젠데요?"

　짜증 섞인 목소리로 묻는 동현. 오디션이 끝난 이후 유그아닌에게 배우는 것은 달라진 게 없었다.

　전에 배우던, 마나를 실오라기 풀 듯 풀어 멀리 있는 물건까지 뻗쳐 들어 올리는 그것.

　어떻게든 연습해서 단전에 있는 마나를 손가락 끝으로 빼내는 것은 성공했으니 물건을 집어 올리기엔 무리였다.

　[빼낸 마나로 물건을 감쌌으면 들어 올려야지 왜 가만히 있는 겐가!]

　"들어 올리려 해도 안 되는 걸 어떻게 해요."

　지쳤다는 듯 삐딱한 시선으로 유그아닌을 바라보는 동현. 그의 표정에 유그아닌은 긴 한숨을 내쉬었다.

　[마음가짐이 문제라네. 자네가 안 된다고 생각하니까 안 되는 거 아닌가. 마법은 시전자 자체가 가능하다고 믿어야만 되

는 것일세.]

"이건 마법이 아니잖아요."

동현의 물음에 유그아닌은 지팡이로 동현의 머리를 때리며 말했다.

[마나를 이용해서 술을 펼쳐 내는 게 마법이 아니면 뭐란 말인가!]

유그아닌의 말에 동현은 맞은 머리를 부여잡으며 말했다.

"그만 좀 때리시라니까……. 그런데 마법이라면 뭐, 마법 진이나 수식 같은 좀 더 복잡한 게 있지 않아요?"

[도대체 몇천 년 전의 시대를 말하는 겐가? 그런 건 마도시 대를 지나면서 더 간편한 방법으로 바뀌었네.]

"무희 마법은 수식이나 마법진으로 한다면서요."

[그들의 마법은 개량하면 효력이 떨어지니 그대로인 걸세. 자네는 간혹 보면 마법에 대한 지식이 있어 보이면서도 그저 무식 그 자체일 때가 있구먼.]

미간을 찌푸리며 말하는 유그아닌에 동현은 긴 한숨을 내쉬었다.

"애초에 마법이 존재치도 않는 세계에서 이런 지식이 있다는 것 자체가 대단한 거 아니에요?"

[구차한 변명 하지 마시게나. 시끄럽게 떠들지 말고 다시 한 번 더 하시게. 내일부터는 또 훈련하기 힘들잖나.]

"네에……. 근데 밥 좀 먹고 하면 안 돼요?"

아침에 일어나서 지금까지 한 끼도 못 먹었다며 투덜대는 동현. 그에 유그아닌은 무슨 밥을 또 먹느냐고, 어제 먹지 않았냐고 핀잔을 주었다.

"유그아닌은 밥 안 드신다고 계약자까지 굶기려 하지 마세요."

동현은 작게 투덜거리며 선반에서 라면을 꺼내 가스 불을 켰다. 아니, 켜려고 했다. 어제까지만 해도 잘 나왔던 가스가 갑자기 나오지 않는 것이다.

"어, 가스비 안 냈나."

지금 당장 가서 낸다고 해도 기다려야 할 텐데 동현은 낭패라는 표정을 지었다.

"유그아닌."

[왜 부르시나, 빨리 밥 먹으시게.]

"불이 안 켜져요."

가스레인지를 붙잡고 안면 가득 짜증난다는 표정을 짓는 동현. 그의 표정에 유그아닌은 껄껄 웃으며 말했다.

[불이 없으면 식사를 못하는 것은 이곳이나 저곳이나 똑같구먼. 정 그렇다면 자네가 직접 불을 만들어내면 되지 않나?]

유그아닌의 말에 동현은 그런 게 가능하냐며 고개를 갸웃거렸다.

[허, 여러 가지가 가능한데 손에서 물, 불 나오게 하는 게 어려울까.]

유그아닌은 좀 더 편하게 하자며 종이 한 장을 들고 날아와 그 위에 그림을 그렸다.

"이게 뭐예요?"

[마법진일세. 이곳에 마나를 불어넣고 시동어를 외치면 될 게야. 꽤 옛날 방식이지만 마나를 다루는 데 기교가 없는 사람이 하기엔 안성맞춤이지.]

유그아닌의 말에 동현은 냄비에 물을 담아 가지고 와 옆에 둔 후 종이에 손을 대고 천천히 마나를 불어넣었다.

"파이어."

마나가 종이에 그려진 마법진으로 흘러들어 가자 동현은 유그아닌이 가르쳐 준 마법의 이름을 읊조렸다. 그리고 그 순간 마법진이 번쩍하고 빛나더니 마치 화염 방사기처럼 엄청난 양의 불을 뿜어냈다.

종이에서 튀어나왔다는 게 믿기지 않을 정도. 동현은 뜨겁다며 뒤로 피해 냄비에 있던 물을 끼얹었다. 하지만,

"으악! 이거 어떻게 해요!"

갑작스러운 불에 당황한 동현은 이도저도 못하고 있자 유그아닌 역시 꽤나 당황한 얼굴로 말했다.

[아니, 마나양 조절을 잘해야 할 게 아닌가.]

"태평하게 그런 소리 하고 있지 말고 어떻게 좀 해줘요! 집 다 타겠네!"

[별수 있나. 물을 퍼부어야지.]

뭐가 그리 좋은지 유그아닌은 껄껄 웃으며 뜨겁게 타오르는 불 근처에 손을 대고 '워터'라고 중얼거렸다.

그러자 뜨겁게 타오르던 불 위에 물벼락이 쏟아졌고, 다행히 집이 불에 홀라당 타 버리기 전에 수습할 수 있었다.

"밥이 문제가 아닌 것 같네요."

방금 전의 일로 천장은 검게 그을렸고, 유그아닌의 마법으로 인해 방 안은 물바다가 되어버렸다. 다행히 전자제품 등에 물이 스며들지는 않았지만 아무렇게나 늘어져 있던 옷이나 이불 등이 흠뻑 젖어버렸다.

[청소부터 하시게나.]

"거들어요."

[내가 왜 그러야 하나? 내가 덮는 이불 아닐세, 자네 이불이지.]

"…독불장군."

[끝나고 당장 훈련에 돌입하세.]

여러모로 짜증이 솟구치는 날이다.

*　　　*　　　*

"아오, 죽겠다."

오디선장에 온 동현은 의자에 널브러지듯 앉아 뭉친 근육을 풀었다.

"어제 뭘 했기에 죽을상이야?"

"너는 죽어도 못할 짓."

우형의 물음에 동현은 기어들어 가는 목소리로 답하고는 욱신거려 오는 팔다리에 미간을 찌푸렸다.

결국 어제 앞으로 당분간 훈련하기 힘들 거라는 유그아닌의 말이 끝나는 즉시 엄청난 강도의 훈련을 받았다.

평소에는 서너 번 반복할 산을 열 번 이상 뛰라고 하질 않나, 맷집을 키워야 한다며 공기를 압축시켜 던지질 않나.

생전 처음 맛보는 압축된 공기의 압력에 동현은 두 손 두 발 다 들고 말았다.

[허허허, 고작 그런 정도에 아프다고 칭얼대면 쓰나!]

'누구나 다 아프다고 할 만하거든요!'

이를 갈며 작게 중얼거린 동현은 한숨을 내쉬며 '3조' 라고 쓰여 있는 플랜카드 아래에서 사람을 기다렸다.

"어, 동현이 빨리 왔네? 우형이도 그렇고."

한참을 멍하니 조원이 오길 기다리고 있을 때, 근처에서 익숙한 목소리가 들렸다.

"윤찬 형, 혹시 같은 조?"

"아니, 난 5조. 그냥 너희가 보이기에 와본 건데 너희 조 애들은 아직 안 왔어?"

"네, 수진이 누나는요?"

"여긴 참가자 외 출입 금지라 밖에 있어."

한참을 키득거리며 수다를 떨고 있을 때 누군가가 윤찬의 등을 툭툭 두드렸다. 아마 윤찬의 페어인 듯싶다.

"나 갈게. 잘해라. 우승은 우리가 할 테니 준우승이라도 하길 바라!"

"꿈도 꾸지 마세요! 우승은 저희 거예요!"

윤찬의 말에 우형은 손을 흔들어 보이며 제자리로 돌아가는 윤찬을 배웅했다.

"꼭 우승하자."

우형의 말에 동현이 답했다.

"우승에 욕심 없다며?"

"그건 예선까지의 얘기지. 본선 끝나고 이제 결승인데 우승을 안 노리는 사람이 어디 있어?"

우형의 말에 동현은 고개를 끄덕였다.

역시 우형에게 이미 우승자가 정해져 있다고 얘기하지 않기를 잘했다. 만일 얘기했다면 결승에 올라왔더라도 적당히 하면 된다고 말했을 테니까.

"뭐, 할 수 있는 만큼은 해보자."

우승이 정해져 있다면 준우승이라도 하면 된다.

이런 오디션 프로그램에서 뒷거래가 있다는 것을 대형 기획사 같은 곳에서 모를 리 없으니까.

애초에 이런 비리 같은 것은 기획사 측에서 연습생을 내보내 우승시키라고 하는 경우도 있을 수 있으니까.

어느 정도 시간이 흐르자 3조가 된 사람이 플랜카드 아래로 모였다. 그들의 말로는, 한참 전에 도착했으나 3조가 어디서 모이는 줄 몰라 헤맸다고 한다.

―최종 오디션 관련 설명을 시작하겠습니다!

조원이 모두 모이고 인원 파악이 끝나자 스텝들이 크게 외치며 말했다.

생방송에 올라온 총 열 개의 팀.

평균적으로 네 명으로 이루어졌지만, 두 팀은 다섯 명이 한 팀이었다. 동현의 팀은 평균적인 팀으로 네 명이 한 팀이었다.

최종 오디션은 총 두 번에 걸쳐 이루어지며 한 번 진행할 때마다 세 팀이 떨어지게 된다.

그리고 마지막 네 팀이 남았을 때 최종 오디션 마지막 관문이 시작된다고 한다.

최종 오디션에서의 점수 합산은 타 오디션과 비슷하게 심사위원 점수 70%와 SMS점수, 그리고 홈페이지 투표 점수 30%를 합산한다.

최종 오디션에서는 실제 가수들이 하는 무대와 같이 하기 때문에 지각은 허용하지 않는다.

만일 자신의 팀 차례인데도 불구하고 조원 한 명이 3분 이상 늦을 경우 조원을 제대로 챙기지 못했다는 명분으로 그 조 전체가 탈락하게 된다.

"들었지, 동현아. 이번엔 지각하면 안 된다."

"무대 올라가는 데 지각한 적은 없어."

"응, 연습이랑 무대 시작 1분 전에 도착했지."

"시끄러워."

동현은 옆에서 재잘거리는 우형을 툭 친 후 다시 스텝의 말에 집중했다.

각 무대의 준비 날자는 열흘. 곡을 정하는 것도, 안무를 짜는 것도 열흘 안에 모든 것을 끝내야 한다.

"시간이 엄청 촉박한데……."

―그리고 올해 또 한 번 바뀐 최종 오디션의 마지막 무대의 룰은!

드디어 공개가 된다.

매년 바뀌는 최종 오디션 마지막 관문.

―각 팀에서 대표 두 명이 나와 노래를 불러 점수가 높은 팀이 승리를 거두게 됩니다.

스텝의 목소리가 끝나자마자 순식간에 대기실 내는 참가자들의 웅성거리는 목소리로 가득 찼다.

결국 마지막 제일 중요한 때를 본인 자신이 아닌 타인에게 맡기라는 뜻이 아닌가!

―사실상 Dream Star는 하나의 스타를 발굴해 내기 위한 프로그램이 아닌 하나의 팀을 발굴해 내기 위한 프로그램입니다.

개인이 아닌 팀인 이상 가장 중요하게 여기는 것은 팀워크. 예선을 제외한 모든 연습 무대나 본선 무대가 팀으로 이루어진 것은 모두의 팀워크를 보기 위함.

하지만 이번 시즌만큼은 다른 시즌 때보다 참가자들의 팀워크를 쉬이 발견할 수 있었다고 한다.

그렇기 때문에 이번 시즌 마지막 미션은 팀워크가 아닌 다른 부분을 본다고 한다.

─이번 마지막 관문에서는 팀에서 '나 하나'의 역량이 얼마나 되는지를 평가하는 것이라고 생각하시면 됩니다. 아, 그리고 만일 마지막 관문에 출연하시는 분은 3차 때 함께 페어하셨던 두 분이 함께 나오셔선 안 됩니다.

즉, 3차 때 함께했던 사람이 지금껏 함께 붙어 있다면 둘 중 한 사람만이 마지막 관문에 참가할 수 있다는 뜻이다.

"복잡하기도 하네. 대충 하지."

─그럼 최종 오디션에 관한 설명은 이것으로 끝내겠습니다. 오디션은 오늘로부터 10일 후 진행됩니다.

*   *   *

최종 오디션이라고 해서 그렇게 대단할 것은 없었다. 바뀐 것은 함께 무대에 설 조원과 관객들의 기대감 정도.

그렇다고 하더라도 지금까지의 방식과 별다를 것은 없었

다. 열흘 동안 곡을 정하고 파트 나누고 연습하는 것.

그리고 순조롭게 다른 팀들을 누르고 위로 향하는 것. 변한 것은 없었다.

"마지막이네."

"그러게."

20일에 걸쳐 이루어진 최종 오디션.

그중에서 남은 팀은 고작 네 팀. 몇 번의 오디션을 통해 300만 명이 넘는 사람이 이젠 열여섯 명만 남게 되었다.

남은 열 열여섯 명 중 최종 관문에 나가는 사람은 여덟 명. 그 여덟 명 중 동현과 오주현이 나가게 되었다.

오주현은 12조의 조원으로서 작사, 작곡, 그리고 랩에 능했다.

"후우."

7월 11일 오후 6시. 1차를 포함해 거의 열 달에 걸쳐 이루어진 Dream Star 오디션이 오늘로 막을 내린다.

"잘해라."

동현은 고개를 끄덕였다. 평소와는 다르게 딱딱하게 굳은 그의 표정이 많이 긴장했다는 것을 보여줬다.

"연습하던 대로만 하면 돼."

동현들과 같은 조가 된 이현준 역시 동현과 주현을 격려하며 힘내라는 말을 아끼지 않았다.

─잠시 후 최종 오디션 3회, 마지막 오디션을 시작하겠습
니다. 참가자 분들은 모두 무대 위로 올라와 주시기 바랍니
다!

스피커를 통해 모든 대기실에 스텝의 목소리가 흘러나왔
다. 동현과 주현은 자리에서 일어나 무대로 향했다.
"유동현, 오주현 파이팅!"
"잘해라!"
무대에 오르자 마지막 관문에 참가하는 여덟 명의 참가자
를 반기는 거대한 환호성이 귓가를 때렸다.
"유동현 파이팅! 잘해라!"
"네 팬 카페에도 가입했어! 유동현 파이팅!!"
"오주현 너만 믿는다!"
무대를 지나 왼쪽 구석에 있는 의자에 가 앉을 때까지 관객
들의 환호성은 멈추지 않았다.
줄줄이 나오는 참가자들. 각 조에 누가 나오는지는 참가자
들조차 모르는 상태.
"어, 유동현 네가 나오는 거야?"
"윤찬 형? 진영이도 나왔네?"
동현은 아는 얼굴이 보이자 긴장으로 인해 굳었던 표정이
약간은 풀어졌다.
"아, 너 나오면 큰일인데……."

"안 봐줄 테니까 그렇게 알아, 유동현."

"내가 할 소리야."

여덟 명의 참가자. TV에 방영됨과 동시에 네티즌들의 호평을 휩쓴 사람들이 한자리에 모였다.

"최종 오디션 3차! 마지막 오디션을 시작하겠습니다! 첫 번째 순서로, 유력한 우승후보 그 첫 번째! 한민교!"

사회자의 말에 맨 첫 번째 의자에 앉아 있던 한민교가 당당하게 무대 앞으로 나아갔다.

동현이 Dream Star이 방영된 것을 보면서 가장 눈여겨보았던 이.

처음 방영했던 1, 2차 오디션 때 보았던 모습과는 다르게 최종 오디션이라는 자리까지 올라오면서 가장 큰 변화를 한 것은 한민교였다.

처음엔 그저 잘 부른다는 수준이었던 사람이 작곡가와 트레이너에게 몇 번 트레이닝을 받고 엄청난 실력 상승을 보였다.

그야말로 무한한 가능성을 보여주는 이.

게다가 그 흡수력이 장난이 아니었다. 마치 자신의 노래를 들으라고 끌어들이는 것 같은 느낌에 동현은 자신도 모르게 한민교의 무대를 넋 놓고 바라보았다.

"엄청나구먼."

동현의 옆에 앉아 있던 윤찬이 중얼거렸다. 정말 감탄밖에 나오지 않는 무대. 대기실에 있는 TV로 봤을 때완 또 다른 감동이 있었다.

그렇게 동현의 앞에 일곱 사람이 나가 노래를 부르고 독설과 환호성을 받고 들어왔을 때, 동현은 옆에 있는 마이크를 들고 무대 앞으로 나아갔다.

마지막 무대를 장식하게 된 동현. 가뜩이나 잔뜩 긴장한 동현에겐 큰 부담이 되었다.

동현이 무대 앞으로 나아오자 찢어질 듯한 함성 소리와 동현을 응원하는 소리가 들렸다. 그 소리가 너무도 커서 마치 소리가 가슴을 두드리는 것 같은 느낌이 들 지경이다.

"안녕하세요, 유동현 씨. 마지막 무대에 선 기분이 어떠세요?"

심사위원의 질문에 동현은 마이크를 입에 가져다 댔다.

"아, 조, 조금 긴장되네요."

동현은 그녀의 물음에 대답하며 어색하게 웃어 보였다.

"쟤 진짜 긴장했네."

무대 아래에서 동현을 보던 우형이 작게 중얼거렸다. 미세하지만 마이크를 잡지 않은 손이 미세하게 떨리고 있었다.

심사위원의 질문에 하나하나 대답을 해주며 심호흡했다. 마음을 가라앉혀야만 했다.

"시작해 주세요."

심사위원의 말이 들리고 함성 소리가 잦아졌다. 그리고 준비해 온 MR이 깔렸다.

무대에 선 동현도, 무대 아래에서 동현의 노래가 시작하길 기다리는 우형도, 객석에서 그의 우승을 기원하는 한결도 모두 마른침을 삼켰다.

그 순간 목에서 이질적인 느낌이 듦과 동시에 작은 통증이 느껴졌다.

최악의 타이밍이다.

이 상태로 노래를 불렀다간 저음 부분은 몰라도 살짝 음을 높이게 되면 음이탈이 일어나게 될 것이다.

중요한 무대 위에서 본 실력이 아닌 마나를 사용하는 것은 그다지 달갑지 않은 일이다.

하지만 자신이 바라던 꿈의 무대에 서 있는데, 수많은 사람이 자신의 노래를 듣기 위해 발걸음했는데 그 이들에게 실망감을 안겨주고 싶지 않다.

이 무대를 포기하고 싶지 않다.

[괜찮네. 자네를 응원하는 사람들의 기대에 부흥은 해줘야 하지 않나. 무대에서 마나를 쓰는 것은 죄가 아니야. 자네가 가진 마나를, 그리고 자네의 실력을 믿으시게.]

유그아닌의 말에 동현은 작게 심호흡을 했다.

그리고 그가 마이크를 입에 가져다 댔을 때, 유그아닌이 동현의 어깨를 토닥이며 그에게 기운을 북돋아주었다.

마나가 살며시 감도는 것만 같은 기분이 들었다.

이내 마이크를 통해 동현 특유의 몽환적인 목소리가 무대 안을 가득 메웠다.

마이크를 잡고 있는 동현의 손이 미세하게 떨리긴 했지만 이상하게도 그의 목소리엔 한 치의 망설임도 떨림도 없었다.

아주 매혹적이지만 부드럽고 상냥함이 담긴, 하지만 지나치게 부드럽지 않은, 어딘가 강인한 목소리.

게다가 '기교도 필요하지만 그게 너무 부각되면 듣기 어려워지는 경우가 있습니다' 라고 한 심사위원의 말을 묵살시키고도 남을 정도였다.

동현의 무대가 끝나고, 홀은 침묵에 휩싸였다.

움직이는 사람도 없었고 입을 여는 사람도 없었다.

그렇게 동현을 비추던 스포트라이트의 빛이 꺼졌을 때, 아까와는 비교도 할 수 없을 정도의 박수 소리와 함성 소리가 터져 나왔다.

"야, 긴장했다며?"

"긴장했어요. 왜 그래요."

"손 떠는 것 보니까 진짜인 것 같은데 어떻게 목소리는 안 떨리냐."

윤찬은 어이가 없다는 듯 동현의 손과 얼굴을 번갈아 보며 헛웃음을 쳤다.

수전증 환자처럼 심하게 떠는 동현의 손. 마이크를 꽉 쥐고 있음에도 불구하고 그의 손은 심하게 떨리고 있었다.

사실 동현 자신도 이번 무대에 대해선 놀라고 있었다.

예전에 나이트 무대에서 마나를 이용해 무대에 섰던 것과는 차원이 달랐다.

목소리도 더욱 부드러웠고, 음을 잡아끄는 것에 불편함이 없었다.

설마 이것도 마나 탓인가 하는 느낌에 유그아닌을 바라보자 그는 고개를 내저으며 말했다.

[그것은 어디까지나 자네가 가진 실력이라네. 말했잖나, 실력을 믿으라고.]

유그아닌의 목소리를 듣는 순간 마음의 긴장이 풀어졌다.

동현은 푸근한 미소를 지으며 오늘 무대를 성공적으로 마쳤다는 것에 안도감을 느꼈다.

"그럼 참가자 전원 모두 무대 위로 올라와 주세요!"

사회자의 말에 무대 아래에서 대기하고 있던 사람들이 올라왔다. 우형은 무대 위에 올라서자마자 동현에게 다가와 잘했다며 그의 머리를 마구 쓰다듬었다.

"야이 씨, 죽는다?"

"어허! 무대 위에서 어디서 막말을!"

"시끄러워."

우형은 연신 동현에게 잘했다며 어깨를 두들겨 주었다. 그러고는 긴장으로 인해 떨리는 손을 보고는 등을 쓸어내려 조금씩 긴장을 풀어주었다.

"집계 결과가 나왔습니다. 올해는 정말 쟁쟁한 분들이 많이 나오셔서 심사위원 분들도 힘드셨다고 하네요."

사회자는 미소를 지어 보이며 심사위원들에게 종이 한 장을 받아와 무대 가운데 섰다.

"결과 발표는, 8위부터 시작하겠습니다!"

몇 등을 하든 연성하 실장에게 무슨 소리를 들을 염려는 없었다. 그의 요구는 본선 출전이었고, 동현과 우형은 최종 오디션까지 발을 담갔으니까.

8등부터 차례대로 등수가 불려졌다. 최종 오디션에서 8위면 꼴찌나 마찬가지인데도 8등을 한 사람의 표정은 너무도 행복해 보였다.

점차 등수가 내려올수록 홀 안에는 묘한 긴장감이 돌았다. 현재까지 불린 등수는 4등.

동현과 우형이 속한 팀은 아직까지 불리지 않았다.

"혼나지는 않겠다."

동현이 중얼거리며 말하자 우형은 키득거리며 연성하 실장이 때리려고 하면 도망갈 거라고 했다.

"자, 이제 두 팀만 남았네요. 3조와 7조, 이 두 팀 때문에 심사위원 분들께서 꽤 진땀을 빼셨다고 하네요."

7조라면 한민교와 김진영이 속한 팀이다.

앰프에서 드럼을 두드리는 소리가 울렸다.

"명예의 1위는!"

사회자의 입에서 '1위'라는 단어가 나오자 3조, 7조의 조원뿐만 아닌 다른 이들 역시 긴장한 기색이 역력한 표정으로 그를 바라보았다.

"7조입니다!"

그의 입에서 결과 발표가 나오는 순간 3조와 7조의 점수가 스크린에 떴고, 하늘에선 폭죽이 터졌다.

약 30점의 차이로 1등을 놓친 3조. 하지만 그들은 아쉽다는 표정 하나 짓지 않은 채 7조 조원들을 축하해 주었다.

1위를 한 사람은 자동적으로 데뷔를 할 수 있는 기회와 음반 제작비, 게다가 트레이닝비까지 제공된다.

거기에 빵빵한 스폰서까지 뒤에서 받쳐주어 데뷔 후에 돈 걱정할 필요가 없었다.

심사위원들과 사회자는 동현에게 '솔로 오디션에 나갔다면 1등 했을 텐데 아쉽지 않아요?'라고 질문을 던졌다.

하지만 동현은 고개를 내저었다. 전혀 아쉽지 않았다.

아니, 오히려 이곳에서 무언가 배워가는 느낌을 받았다.

혼자 노래하는 것과 곁에 누군가가 함께 있어 노래하는 것의 큰 공허감.

그리고 노래에 대한 열망.

Dream Star 오디션은 동현에게 꿈에 꿈을 더해준 오디션으로 기억되었다.

커다란 환호성. 동현에게 잘했다며 격려의 말을 보내주는 관객에게 그는 새하얀 치아를 드러내며 진심을 다해 웃었다.

　머지않은 훗날, 자신에게 검은 그림자가 드리워질 것을 눈치채지 못한 채…….

『넘버원』 제2권에 계속…

NOMEN
노멘

이영균 장편 소설

억울한 누명으로 인한 감옥살이 1년.
직장, 친구, 애인도… 모두 떠나 버렸다.

911테러 이후, 극비리에 진행된 프로젝트.
그리고 그 결과물, 슈퍼컴퓨터 HAL9999

대한민국의 평범한 청년 동범과
인류가 만든 최고의 컴퓨터에서 깨어난 존재의 만남.

Nomen est omen 이름이 곧 운명!

인류의 미래를 가르는 사건은
이 우연한 만남으로부터 시작되었다.

CASTLE OF ANOTHER WORLD

ORIENTAL FANTASTIC STORY

김대산 新무협 판타지 소설

꼬물거리는 새끼 용(龍) 한 마리!
작고 희미한 검 한 자루!
순박한 산골 소년의 마음속에 심어지고 만 그것들이
지금 조금씩 자라나고 있다!

김대산! 그의 아홉 번째 이야기!

"한 자루 마음의 검을 다듬어내니
천지간에 베지 못할 것이 없도다!"

Book Publishing CHUNGEORAM

유행이 아닌 자유추구 —
WWW.chungeoram.com